KB266720

하루 10분
100일 클래식 필사

**김달국** 유쾌한 삶연구가

영남대학교에서 기계공학을 전공하고, 대한민국 산업의 심장부인 포스코와 포스코이앤씨에서 엔지니어로 근무했다. 기계와 거대한 제철설비를 다루며 치열한 젊음을 보낸 그는, 인생의 중반 마흔에 조직이라는 울타리를 벗어나 '진정한 나의 삶'을 살기 위해 미지의 세계로 뛰어들었다.

홀로서기의 길은 결코 순탄하지 않았다. 자신이 무엇을 원하는지, 어떻게 사는 것이 잘 사는 것인지 몰라 방황하던 시절, 작은 사업가, 프리랜서로 활동하며 몸소 겪은 삶의 파고를 공부와 집필로 정면 돌파했다. 그 결과 2003년부터 매년 한 권의 책을 세상에 내놓겠다는 자신과의 약속을 지켰고, 어느덧 19번째 책인《하루 10분 100일 클래식 필사》를 출간하기에 이르렀다.

그의 글은 철학과 자기계발 그 중간 어디쯤에 머문다. 삶의 본질을 꿰뚫는 묵직한 지혜를 유쾌하고 명쾌한 문장으로 풀어내는 것이 그의 특징이다. 이번 책《하루 10분 100일 클래식 필사》는 그의 지난 세월을 지켜준 100권의 고전을 엄선하여, 독자들이 직접 손으로 쓰며 마음의 근육을 키울 수 있도록 정성껏 설계한 '인생도면'이다.

주요 저서로는《황소의 뿔을 잡아라》《유쾌한 인간관계》《29세까지 반드시 해야 할 일》《유머 사용설명서》《결혼 후 10년》《인생은 소풍처럼》《나쁜 날씨란 없다》등 다수가 있다.

dalkug@naver.com

**하루 10분 100일 클래식 필사**

초판 1쇄 발행 2026년 4월 25일   지은이 김달국   편집인 옥기종   발행인 송현옥
펴낸곳 도서출판 더블:엔   디자인 maman

출판등록 2011년 3월 16일 제2011-000014호   주소 서울시 강서구 마곡서1로 132, 301-901
전화 070_4306_9802   팩스 0505_137_7474   이메일 double_en@naver.com
ISBN 979-11-93653-45-6 (03800)



앞표지 그림: 칼 라르손 〈Lisbeth Reading〉
뒤표지 그림: 앙리 르바스크 〈Le Cannet Madame Lebasque Reading in the Garden〉

**더블:en** *enjoyment & enrichment*
풍요로운 즐거움이 가득한 책

하루 10분 100일 클래식 필사

# FOREST OF CLASSICS

김달국 엮고 씀

더블:엔

# 고전의 숲에서 길어올린
# '나를 위한 쉼표'

우리가 살아가며 만나는 수많은 문장 중 마음 깊은 곳에 새겨지는 글들은 대부분 오랜 시간을 견디고 살아남은 고전 속 문장인 경우가 많습니다. 세상은 소란하고 빠르게 변하지만 삶의 근원적인 문제는 잘 변하지 않기 때문입니다.

니체는 "피와 잠언으로 쓰는 자는 읽히기를 원하는 것이 아니라 암송되기를 바란다"고 했습니다. 저는 이 소중한 문장들이 읽히기만 할 것이 아니라 독자 여러분들이 한 자 한 자 옮겨 적으며, 암송되기를 바랍니다.

수많은 고전 중 가까이 두고 싶은 책 100권을 골랐습니다. 철학에 치우치지 않도록 문학서도 적절하게 배분하면서, 나 자신을 깊이 들여다보게 하는 문장을 한 권의 책에서 하나씩 골랐습니다.

이 책의 오른쪽 페이지는 오롯이 여러분만을 위한 공간입니다. 천천히 쓰면서 자유롭게 생각해 보시길 권합니다. 눈으로 읽을 때는 보이지 않던 문장의 깊이가 한 자 한자 눌러쓸 때 느껴질 것입니다. 다음엔 여러

분 자신의 문장을 남겨보세요. 필자의 생각은 필자의 관점일 뿐입니다. 여러분의 렌즈를 통해 스스로 그 문장을 다시 해석하는 시간을 가져보세요. 생각을 적는 순간 그 문장은 비로소 당신의 것이 됩니다.

이 책에 담긴 철학자와 문호들의 목소리는 독자 여러분의 필사를 거치며 과거의 기록을 넘어 현재의 지혜로 살아 숨쉬기 시작합니다. 필사로 그들의 문장에 숨을 불어넣는 순간, 문장들은 여러분의 현재를 해석하는 도구가 되고 미래를 비추는 등불이 될 것입니다.

하루 10분, 100일간의 필사의 여정이 끝날 때쯤, 이 책은 고전 모음집이 아닌 여러분 자신의 영혼이 기록된 단 한 권의 인생론이 되어 있을지도 모릅니다. 필사 전보다 후의 모습이 더 아름답게 변하길 바랍니다.

유쾌한 삶연구가
김달국

CONTENTS

## PART 03    사랑과 행복을 담은 문장들

## PART 04　틀을 깨는 지혜의 문장들

"지식은 전달할 수 있지만,

지혜는 오직 스스로 겪어내야 한다."

- 헤르만 헤세

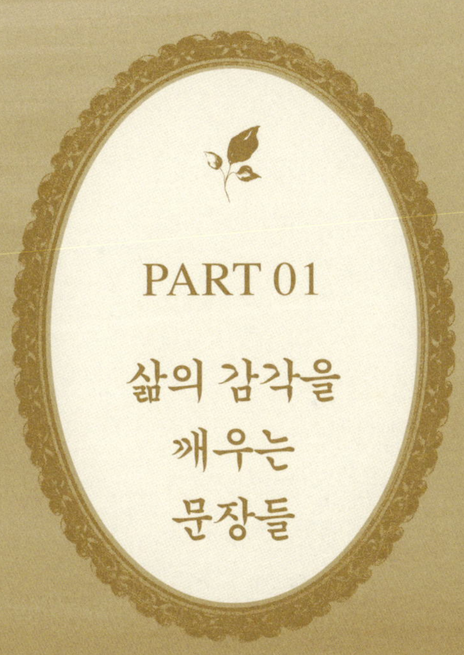

PART 01

삶의 감각을
깨우는
문장들

# 도무지 다투지 않는 인생

성인은 스스로를 드러내지 않는 까닭에

오히려 그 존재가 밝게 나타나고,

스스로를 옳다고 여기지 않는 까닭에

오히려 그 옳은 것이 드러나며,

스스로를 뽐내지 않는 까닭에

오히려 공(功)을 이루고,

스스로 자랑하지 않는 까닭에

오히려 그 이름이 오래 간다.

성인은 도무지 다투지 않는 까닭에

천하가 그와 맞서 다툴 수 없는 것이다.

옛말에 "구부러지는 것이 온전히 남는다"고 했는데,

이 어찌 빈말이겠는가?

진실로 그래야만 사람은 끝까지 온전할 수 있다.

— 노자, 《도덕경》

· · ·

누구나 자신을 드러내고 싶은 마음이 있다. 그러나 노골적으로 자신을 드러내는 순간, 사람들의 경계심과 시기심이 작동한다. 진짜 고수는 목소리를 높이지 않아도 그 결이 느껴지는 법이다. 나를 드러내려는 욕심을 비웠을 때 역설적으로 존재감이 완성된다.

# 나는 내가 모른다는 걸 알고 있다

나는 그에게 그가 스스로 현명하다고 믿을 뿐,

사실은 그렇지 않다는 것을 깨우쳐 주려 했습니다.

하지만 그 대가로 그의 미움을 샀고,

곁에서 지켜보던 이들마저 나에게 적의를 품게 되었습니다.

그와 헤어져 돌아오는 길에 생각했습니다.

그도 나도 아름다움이나 선(善)을 모르는 것은 매한가지지만

그는 아무것도 모르면서 안다고 생각하고,

나는 알지 못한다는 사실을 스스로 알고 있기 때문에

나는 그보다 현명하다고.

자신의 무지를 안다는 점에서,

나는 그보다 약간 우월한 것 같습니다.

- 플라톤, 《소크라테스의 변명》

. . .

지혜는 자신의 그릇을 비우는 데서 시작한다. 가득차 있는 그릇에는 어떤 것도 넣을 수 없다. 자신의 무지를 아는 것이 가장 큰 지혜이다. 그것이 더 많은 것을 배울 수 있는 가장 강력한 힘이 되기 때문이다.

# 읽는 힘, 쓰는 힘

독서는 사람을 가득차게 하고, 대화는 사람을 통하게 하며,
저술은 사람을 정확하게 한다.
그러므로 글을 쓰지 않는다면 대신 기억력이 좋아야 하고,
대화를 별로 하지 않는다면 거침없는 지혜를 가져야 하며,
책을 별로 읽지 않는다면 꾀라도 많아서
모르고도 아는 체를 할 수 있어야 한다.
역사는 사람을 슬기롭게 하고, 시는 풍부하게 하고,
수학은 정밀하게 하고, 자연철학은 심오하게 하고,
윤리학은 중후하게 하고,
논리학과 수사학은 논쟁에 능하게 한다.

- 프랜시스 베이컨, 《베이컨 수필집》

· · ·

스마트폰이 나온 후 책을 손에 드는 사람이 드물어졌다. 우리는 스마트폰으로 효율을 얻는 대신 깊이를 잃어가고 있다. 자극적인 콘텐츠에 익숙해지면 호흡이 긴 글을 읽는 힘이 떨어진다. 검색도 필요하지만 사색이 더 요구되는 시대다. 폰의 편리함을 누리되 생각을 깊게 하는 긴 글을 읽는 균형 잡힌 독서가 필요하다.

# 씨앗이 먼 곳으로 날아가는 이유

그대는 곧 알게 될 것이다.

모든 식물이 씨앗을 먼 곳으로 날려 보내려 애쓴다는 사실을.

어떤 씨앗은 달콤한 과육으로 새들의 미각을 자극해

그들의 힘을 빌려 먼 곳으로 향한다.

그러지 않고서는 절대로 도달할 수 없었을 머나먼 세계로.

또 어떤 씨앗은 날개나 깃털을 달고

지나가는 바람에 기꺼이 몸을 맡긴다.

같은 땅에서 너무 오랫동안 같은 식물을 기르면

토양은 지력을 잃고 중독된다.

새로운 세대가 이전 세대와 똑같은 자리에서는

결코 풍요로운 자양분을 얻을 수 없기 때문이다.

- 앙드레 지드, 《지상의 양식》

• • •

자연은 거대한 학습장이다. 그 속에서 저마다의 모습으로 살아가는 생명체의 지혜를 배운다. 살아가는 모든 것은 자신으로 살아가기 위해 변화와 모험을 두려워하지 않는다. 그들을 보면서 어떤 모습으로 살아가는 것이 나답게 사는 것일까를 매일 생각한다.

# 내게 중요한 것은 지금, 이 순간

조르바는 골이 났는지 목청을 돋우었다.

"새 길을 닦으려면 새 계획을 세워야지요! 나는 어제 일은 생각 안 합니다. 내일 일어날 일을 자문하지도 않아요. 내게 중요한 것은 오늘, 이 순간에 일어나는 일입니다. 나는 나에게 묻지요."

"조르바, 지금 이 순간에 자네 뭐하는가?" "잠자고 있네." "그럼 잘 자게."

"조르바, 지금 이 순간에 자네 뭐하는가?" "일하고 있네." "잘해 보게."

"조르바, 자네 지금 이 순간에 뭐하는가?" "여자에게 키스하고 있네." "잘해 보게. 키스할 동안 딴 일일랑 잊어버리게. 이 세상에는 아무것도 없네. 자네와 그 여자밖에는. 키스나 실컷 하게."

- 니코스 카잔차키스, 《그리스인 조르바》

• • •

인간이 저지르는 잘못 중에 가장 큰 잘못은 과거를 후회하고 미래를 걱정하느라 지금을 살지 않는 것이다. 과거나 미래는 관념 속에만 있을 뿐 존재하지 않는 시간이다. 존재하는 것은 오직 지금뿐이며, 삶은 바로 지금 이 순간의 연속이다.

# 길이 된다는 것

희망이라는 것은 본래 있다고도 할 수 없고,
없다고도 할 수 없다.
그것은 마치 땅 위의 길과 같은 것이다.
본래 땅 위에는 길이 없었다.
걸어가는 사람이 많아지면, 비로소 길이 되는 것이다.

- 루쉰,《고향》

· · ·

누구나 볼 수 있다면 그것은 희망이 아니다. 아무도 보지 못하는 것을 보고 믿는 것이 희망이다. 바라는 대로 다 이루어진다면 희망이 아니다. 희망은 이루어질 수도, 안 이루어질 수도 있기 때문에 아름다운 것이다. 지금은 어렵지만 다른 사람이 할 수 있다면 언젠가 나도 할 수 있다. 지금 걸어가는 길이 누군가에게 희망이 되길 바라면서 나는 오늘도 걷는다.

# 무모한 용기와 지혜로운 두려움

공자가 안연에게 말했다.
"세상이 나를 써주면 나아가 도를 행하고,
나를 버리면 미련 없이 은둔한다.
오직 너와 나만이 이렇게 할 수 있을 것이다."
이를 듣고 있던 자로가 물었다.
"선생님께서 만일 대군을 거느리고 전쟁터에 나가신다면
누구와 함께하시겠습니까?"
공자가 대답했다.
"맨손으로 호랑이를 잡으려 들고,
맨몸으로 황하를 건너면서도 후회하지 않는 무모한 자와는
함께하지 않을 것이다.
마땅히 일에 임하여 두려워할 줄 알고 치밀하게 계획을 세워
성공을 일궈내는 사람과 함께할 것이다."

-공자, 《논어》

• • •

이것이 공자의 대기설법(對機說法)이다. 그는 제자들이 질문하면, 정답을 하나로 정해두지 않고 질문한 사람의 단점을 보완하거나 장점을 살려주는 방향으로 답했다.

# 지나치게 뛰어나면 위험하다

물맛이 가장 좋은 샘이 제일 먼저 마르고,

보기 좋게 자란 나무가 가장 먼저 베이며,

신령스러운 거북의 껍질은 점을 치기 위해 먼저 불태워지고,

신령스러운 뱀은 기우제의 제물로 뙤약볕 아래 말려진다.

비간(比干)은 굽히지 않는 충심 때문에 죽었고,

맹분(孟賁)은 거침없는 용맹함 때문에 목숨을 잃었다.

서시(西施)는 눈부신 아름다움 때문에 물에 빠져 죽었고,

오기(吳起)는 드높은 공적 때문에 몸이 찢기는 형벌을 받았다.

이들은 모두 자신의 장점 때문에 화를 입었다.

지나치게 빛나는 재능은 오히려 지키기 어려운 법이다.

- 묵자, 《묵자》

. . .

곰은 쓸개 때문에 죽고, 여우는 털 때문에 죽는다. 세상이 가치 있다고 여기는 것들이 오히려 파멸의 원인이 되기도 한다. 지나치게 두드러지면 표적이 되기 쉽다. 재능이 있어도 안으로 감추는 지혜가 필요하다. 때로는 쓸모가 없어 더 필요한 경우(無用之用)도 있다.

# 이길 수밖에 없는 판을 만드는 법

전쟁의 고수들은 이길 수 있는 판을 먼저 짜놓고 싸워 승리를 얻었다. 그리하여 그들이 거둔 승리에는 기막힌 지략가라는 명성도, 용맹한 장수라는 화려한 찬사도 뒤따르지 않았다.

상황이 어긋나기 전에 미리 조치하여 확실한 승리를 거두었으니, 이는 이미 패배할 수밖에 없는 적을 상대로 이기는 조건을 먼저 확인한 것과 같다. 승리하는 군대는 먼저 이길 수 있는 태세를 갖추어 놓고 적과 싸우며, 패배하는 군대는 먼저 싸움을 걸어 놓고 승리를 추구한다.

- 손무, 《손자병법》

・ ・ ・

진짜 고수는 싸우지 않고 이기는 사람이고, 그 다음은 반드시 이길 수 있는 여건을 갖춘 뒤 싸워 이기는 사람이다. 이순신이 그런 사람이다. 그는 치밀한 계획으로 23전 전승이라는 전무후무한 기록을 남겼다.

# 상대를 내 편으로 만드는 설득의 심리학

누군가를 위해 대신 결단을 내릴 때는 반드시 상대가 품은 의심부터 해결해 주어야 한다. 상대에게 돌아갈 이익을 명확히 제시하고, 그가 걱정하는 손해는 피할 수 있게 도와야 한다. 그러면 그는 유혹에 흔들리지 않고 끝까지 당신의 결정을 따를 것이다. 핵심은 상대의 실익이다. 그것을 놓치면 어떤 제안도 수용되지 않는다.

설득의 기술은 상대가 선호하는 것을 파악하는 데 있다. 상대가 꺼리는 지점을 건드리면 관계는 멀어지고 일이 실패로 돌아가지만, 그가 원하는 바를 명확히 짚어주면 불가능해 보이던 결정도 비로소 성공으로 이어진다.

- 귀곡자, 《귀곡자》

· · ·

이익추구와 위험회피는 인간의 가장 강력한 본능이다. 동양의 마키아벨리라 불리는 귀곡자는 인간행동의 원리를 실리와 안전에 있다고 보았다. 상대를 움직이게 하려면 상대에게 이익이 되거나 두려움을 해소해 주어야 한다.

# 향 싼 종이에 향내 나고

악한 사람에게 물드는 것은
악취 나는 물건을 가까이하는 것과 같다.
조금씩 미혹되어 그릇된 것에 익숙해지다 보면,
자신도 모르는 사이에 나쁜 습성이 몸에 배고 만다.

어진 사람에게 물드는 것은
좋은 향기를 곁에 두는 것과 같다.
지혜를 좇고 선한 것을 익히다 보면,
깨끗하고 아름답게 행하는 습성이 몸에 밴다.

- 법구 엮음, 인도 스님, 《법구경》

· · ·

불교용어 중어 '훈습(薰習)'이라는 말이 있다. 향이 그 냄새를 옷에 배게 하는 것처럼, 자주 접하는 것들이 내 몸과 마음에 스며든다는 뜻이다. 어떤 사람을 만나고, 어떤 책을 읽으며, 어떤 생각을 하느냐에 따라 그 사람의 인품이 달라진다. 사람의 인품은 내가 곁에 둔 것들이 스며들어 만들어진 결과다.

# 보이지 않는 손

"내가 원하는 것을 주십시오. 그러면 그 대가로, 당신도 원하는 것을 얻게 될 겁니다."

이런 식으로 우리는 다른 사람에게 필요한 도움을 얻는다. 우리가 식사할 수 있는 것은 정육점 주인, 양조장 주인, 빵집 주인의 자비심 때문이 아니라, 그들이 자기 이익에 쏟는 관심, 즉 자기애 덕분이다. 그래서 우리는 그들의 자비가 아니라 그들의 자기애에 말을 걸고, 자기 필요성을 절대로 언급하지 않고 그들의 이익에 관해 이야기한다. 거지가 아니고서야 그 누구도 동료 시민의 자비심에 의지하는 것을 선택하지 않는다.

- 애덤 스미스, 《국부론》

· · ·

세상이 돌아가는 것은 법이나 도덕이 아니라 인간의 이기심 때문이다. 인간의 이기심은 나쁜 것이 아니다. 그것은 자신의 삶을 영위하려는 건강한 의지다. 타인을 움직이게 하려면 도덕에 호소하는 것보다 상대의 이기심에 호소하는 것이 더 효과적이다.

# 적당한 거리를 둔다

지나치게 많은 것을 베푸는 자를 경계하라.
그것은 진정한 선의가 아니라,
보이지 않는 대가를 바라는 거래일 확률이 높다.
자신의 장점을 드러내는 데에도 세심한 기술이 필요하다.
한꺼번에 모든 것을 보여주기보다는
조금씩, 그리고 자주 보여주어야 한다.
상대가 당신의 역량을 도저히 따라잡을 수 없다고
느끼게 해서는 안 된다.
타인이 당신에 관한 모든 것을 꿰뚫게 만들지 말라.
상대가 당신을 통제할 수 없음을 깨닫는 순간,
관계의 끈을 놓아버릴 수도 있기 때문이다.
사람을 잃는 가장 확실한 방법은
상대방에게 지나친 부담을 주는 것이다.

— 발타자르 그라시안, 《세상을 보는 지혜의 기술》

• • •

누구나 상대에게 의미 있는 존재가 되고 싶어 한다. 들어줄 수 있는 가벼운 부탁은 관계를 더욱 가깝게 하지만 부담이 되면 멀어진다. 달은 오래 볼 수 있지만 태양은 그렇지 않다. 상대에게 빛이 되는 것은 좋지만 눈부시면 안 된다.

# 말의 무게, 침묵의 무게

침묵보다 나은 할 말이 있을 때에만 입을 여십시오.

말을 해야 할 때가 있듯,

침묵해야 할 때도 따로 있는 법입니다.

언제 입을 닫을 것인가를 가장 먼저 고민해야 합니다.

입을 닫는 법을 배우지 않고서는

결코 말을 잘할 수 없습니다.

말을 해야 할 때 침묵하는 것은

나약하거나 생각이 모자라기 때문이고,

침묵해야 할 때 말을 하는 것은

경솔하고도 무례하기 때문입니다.

분명한 사실은, 말을 하는 것보다 입을 닫는 것이

덜 위험하다는 점입니다.

- 조제프 앙투안 투 생 디누아르, 프랑스 신부, 《침묵의 서》

• • •

침묵은 소통하지 않는 것이 아니다. 다만 말을 하지 않을 뿐이다. 진정한 검객은 꼭 필요할 때 칼을 뽑는다. 말이 필요할 때 입을 열고 필요하지 않을 때 입을 닫는 것이 말을 잘 하는 사람이다.

# 집착으로부터 자유로워지는 일

세상은 서로 반대되는 것들로 가득하다.

행복 뒤에는 슬픔이 있고, 슬픔 뒤에는 행복이 있다.

햇빛이 비치는 곳이면 어디든 그늘이 있고,

빛이 있는 곳이면 어두움이 있게 마련이다.

태어남이 있는 곳에는 또 죽음이 있다.

무집착은 이러한 상반된 것들에 영향을 받지 않는다.

이들을 이겨내는 길은 이들을 없애버리는 데 있는 것이 아니라,

이들을 뛰어넘고 일어나

집착으로부터 완전히 자유로워지는 데 있다.

- 마하트마 간디, 《날마다 한 생각》

· · ·

세상은 빛과 그림자처럼 서로 상반된 것들이 짝을 이루고 있다. 원하는 것을 취하고 원치 않는 것을 버릴 수가 없다. 하나를 가지면 나머지도 따라오는 것이다. 무집착은 좋고 나쁨에 대한 자신의 생각을 버리는 것이다.

# 타인을 이해하는 마음

지금보다 어리고 쉽게 상처받던 시절,
아버지가 해주신 충고를 나는 여전히
마음속 깊이 되새기고 있다.
"누군가를 비판하고 싶은 마음이 들 때면
언제나 이 점을 명심하여라.
이 세상 사람이 다 너처럼
유리한 입장에 놓여 있지는 않다는 것을 말이다."
아버지는 더 이상 말씀하지 않으셨지만
우리는 언제나 긴 말이 없어도 서로 통하는 데가 있었고,
나는 아버지의 말씀이 그보다 훨씬 많은 뜻을
함축하고 있음을 알고 있었다.
그래서 나는 모든 일에 판단을 유보하는 버릇이 생겼고….

– F.스콧 피츠제럴드, 《위대한 개츠비》

· · ·

아버지의 충고의 핵심은 '판단을 유보'하라는 데 있다. 사람들은 비슷하면서도
다르다. 태어나고 살아온 환경이 다르다. 그런데도 우리는 자신의 잣대로 다른
사람을 평가하고 있다. 분별력을 가지고 있되 내세우지 않는 것이 그렇게도 어
려운 것인가? 알면서도 힘든 것이 바로 이것이다.

# 지혜는 결코 가르칠 수 없다

이보게, 고빈다, 내가 얻은 깨달음 중 하나는 바로
지혜란 결코 남에게 전달될 수 없다는 사실이라네.
현인이 아무리 고귀한 지혜를 전하려 해도
그것이 일단 입 밖으로 나오는 순간
듣는 이에게는 바보 같은 소리로 들리기 마련이지.
지식은 가르칠 수 있지만,
지혜는 오직 깨쳐야 하는 법이라네.
지혜는 찾아낼 수 있고, 온몸으로 체험할 수 있으며,
내면에 간직한 채 기적을 행할 수도 있지만,
그것을 말로 설명하거나 가르칠 수는 없네.
나는 젊은 시절부터 이 진리를 예감해 왔고, 바로 그 때문에
스승들의 곁을 떠나 나만의 길을 나섰던 것이네.

- 헤르만 헤세, 《싯다르타》

. . .

지식이란 하나의 객관적이며 절대적인 사실로, 가르칠 수도 배울 수도 있다. 반면 지혜는 주관적이며 상대적인 개념으로, 가르칠 수도 배울 수도 없다. 지혜는 직접 경험하고 사유하고 느낌으로 체득될 수 있는 것이다. 삶을 풍족하게 하는 것은 지식이지만 깊게 하는 것은 지혜다.

# 진정한 공감은 상대의 고통과 함께하는 것

"산초, 시간이 흘러도 사라지지 않는 추억은 없으며,
죽음으로도 지워지지 않는 고통은 없다네."
"하지만 나리, 고통이 사라지길 그저 기다리고만 있거나
죽음이 찾아와 끝내주기만을 바라는 것보다
더 큰 불행이 또 어디 있겠습니까?
한두 번 고약을 붙여 나을 일이라면 몰라도,
제가 보기엔 병원의 고약을 몽땅 쏟아부어도
이 상처는 낫지 않을 것 같습니다."
"자, 그쯤 해두고 불행 속에서도
다시 일어설 용기를 내보게나. 나 또한 그럴 테니.
우선 불쌍한 로시난테부터 살펴봄세.
이 녀석도 이번 일로 고생 깨나 했으니 말이다."
- 세르반테스, 《돈키호테》

· · ·

양치기들에게 몰매를 맞고 만신창이가 된 산초와 돈키호테의 대화다. 실제적
인 고통 앞에 추상적인 관념은 공염불이다. 상대의 아픔을 그대로 인정하는 것
이 진정한 위로다. 상대의 큰 고통이나 불행에 '시간이 지나면 잊혀진다'는 말은
제삼자의 여유일 뿐 당사자에게는 도움이 안 된다.

# 진리는 밖이 아닌 안에 있는 것

"세상에 진실이란 과연 없는 것일까요?

진정으로 우리를 이끌어줄 유효한 가르침은 없는 것입니까?"

"이보게, 진리는 분명히 있네. 하지만 자네가 갈망하는 그런 절대적이고 완전한 가르침은 존재하지 않아. 그런 외부의 정답에 매달리지 말게나. 그보다는 자네 스스로가 완성되기를 간절히 바라게. 거룩한 신성은 책이나 지식 속에 존재하는 것이 아니라 바로 자네 안에 있다네. 진리는 누군가에게 배우는 것이 아니라 오직 몸소 체험하는 것이라네."

– 헤르만 헤세, 《유리알 유희》

· · ·

모두에게 맞는 신발이 없듯이 모든 사람에게 맞는 진리는 없다. 굳이 있다면 죽음뿐이다. 진리를 다른 사람에게서 찾을 수는 없다. 남이 가르쳐준 진리는 남의 신발을 신는 것과 같다. 내가 직접 겪고 깨달은 것만이 나의 진리가 될 수 있다.

# 자기자신에 이르는 길

내 안에 숨겨진 목표를 끄집어내어 명확한 형체로 그려내는 일은 내게 불가능했다. 교수나 판사, 의사나 예술가처럼 자신이 무엇이 될지, 시간이 얼마나 걸릴지, 어떤 결실을 맺을지 정확히 아는 사람들과 나는 달랐다.

어쩌면 나도 언젠가 그런 무엇이 될지도 모르지만 어떻게 그것을 미리 안단 말인가? 어쩌면 나는 수년간 찾고 또 찾아야 할 것이며, 결국 아무것도 되지 못한 채 어떤 목표에도 이르지 못할지도 모른다. 혹은 목표에 이르더라도 그것은 예기치 못한 위험하고 두려운 모습일지도 모른다.

내 속에서 솟아 나오려는 것, 바로 그것을 나는 살아보려 했을 뿐이다. 그런데 그 일이 왜 그토록 어려웠을까?

- 헤르만 헤세, 《데미안》

·  ·  ·

자신의 욕망을 아는 사람은 드물다. 신이 인간의 욕망을 마음 속 깊이 숨겨두어 쉽게 찾지 못하게 하였기 때문이다. 찾았다고 하는 사람조차도 '타인의 욕망'이거나 사회가 쉽게 허락하지 않는다. 그러나 자신 안에서 흐릿하고 막막하게 들리는 소리에 귀를 오래 기울이면 그것을 찾을 수 있다.

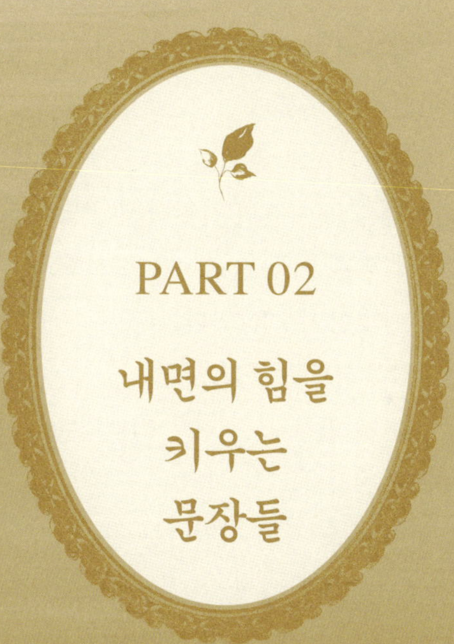

PART 02

내면의 힘을
키우는
문장들

# 남들은 나에게 관심이 없다

테스가 그렇게 괴로워하며 새로운 결심을 굳히는 동안에도,
자연은 속절없이 평온하기만 했다.
산천초목은 예전과 마찬가지로 푸르렀고,
새들은 노래했으며, 태양은 여전히 찬란하게 빛났다.
자연은 테스의 슬픔에 맞춰 어두운 표정을 짓지도,
그녀의 고통에 함께 아파하지도 않았다.
어쩌면 테스는 깨달았을지도 모른다.
자신을 고개 들지 못하게 만든 그 무거운 죄책감이
한낱 환상에 불과했다는 것을,
스스로 만든 감옥 안에 홀로 갇혀 있었다는 것을,
그리고 세상은, 생각보다 자신에게
그리 깊은 관심이 없다는 엄연한 사실을 말이다.

- 토머스 하디, 《테스》

· · ·

죄와 죄책감은 다르다. 테스가 괴로워한 것은 사회가 강요한 부당한 관념에 대한 지나친 죄책감 때문이었다. 정조(貞操)와 같은 도덕적 관념은 인간이 만든 것일 뿐, 진리도 아니며, 지나친 죄책감은 현재 내 눈앞에 펼쳐진 행복을 막는 장애물이다.

# 내 인생의 멘토, 내 영혼의 멘토

내 영혼에 가장 깊은 흔적을 남긴 이들을 꼽으라면,
나는 망설임 없이 호메로스와 붓다, 니체와 베르그송,
그리고 조르바의 이름을 부를 것이다.
호메로스는 우주 전체를 비추는 광채이자,
태양처럼 평온하고 찬란하게 빛나는 눈(眼)이었다.
붓다는 세상 사람들이 빠져들었다가 비로소 구원받는
한없이 깊고 아득한 눈이었다.
베르그송은 청춘의 나를 괴롭히던
온갖 철학적 난제들로부터 나를 해방해 주었고,
니체는 새로운 고뇌로 내 삶을 풍요롭게 채우며
불운과 고통을 자부심으로 바꾸는 법을 가르쳐 주었다.
그리고 조르바는 내게 속삭였다.
삶을 뜨겁게 사랑하되, 죽음을 결코 두려워하지 말라고.

- 니코스 카잔차키스, 《영혼의 자서전》

* * *

그는 삶의 스승들을 통해 단순히 지식을 배운 것이 아니라 자신의 영혼을 담금질했다. 그는 호메로스로 세상을 보고, 붓다로 비우며, 니체로 파괴하고, 베르그송으로 약동하며, 조르바로 지금을 살아가는 법을 배웠다. 당신은 어떤 영혼의 멘토를 가졌는가?

# 나만의 박자에 맞춰 걸어도 된다

우리는 왜 그토록 필사적으로 성공을 서두르며,
무모할 정도로 삶을 몰아붙이는가.
만약 누군가가 동료들과 발걸음을 맞추지 못하고 있다면,
아마 그는 다른 고수(鼓手)의 북소리를 듣고 있을 것이다.
그가 자신이 듣는 음악에 맞춰 걷도록 내버려 두라.
그 북소리의 박자가 어떠하든,
그 소리가 얼마나 먼 곳에서 들려오든 상관없다.
사과나무가 떡갈나무와 같은 속도로 자라야 한다는
법칙은 어디에도 없다.
그가 남의 보조를 맞추기 위해,
자신의 소중한 봄을 억지로 여름으로 바꿀 필요가 있겠는가.

- 헨리 데이빗 소로, 《월든》

· · ·

끈대와 주관이 뚜렷한 사람의 중요한 차이는 '목소리의 방향'에 있다. 목소리가
자신을 향하면 주관이 뚜렷한 사람, 타인을 향하면 끈대다. 주관은 삶을 선택하
는 힘이고, 끈대는 타인의 삶을 바꾸려는 욕심이다. 주관이 있는 사람은 자신의
목소리에 맞춰 묵묵히 걸어갈 뿐, 남의 박자를 비난하지 않는다.

# 일상의 굴레를 벗어나는 경이로운 순간

야생 오리 떼가 이주를 시작할 때면,

그들이 지나는 땅 위에는 묘한 기류가 흐른다.

거대한 삼각형의 대열로 하늘을 가르는 무리에 홀린 듯,

농장의 집오리들은 낯선 날갯짓을 시작한다.

야생의 부름이 그들의 깊은 곳에 잠들어 있던

시원(始原)의 추억을 깨운 것이다.

그 순간, 농장의 오리들은 잠시 철새로 변모한다.

늪과 지렁이, 축사 같은 비좁은 일상으로 가득 찼던

그 작고 단단한 머릿속에

광활한 대륙의 풍경과 폭넓은 바람 냄새,

그리고 거대한 바다의 지형도가 장엄하게 펼쳐지는 것이다.

- 생텍쥐페리, 《인간의 대지》

· · ·

우리는 울타리에 갇혀 있는 집오리처럼 사회 또는 자신이 만든 틀 안에 갇혀 있는 것은 아닐까? 우리는 높이 날 수 있는 갈매기지만 새우깡에 길들여져 있는지도 모른다. 가끔 자신을 붙잡고 있는 틀을 깨고 푸른 하늘과 넓은 지평선을 꿈꾸어 보자.

# 하루하루가 새로운 날

다른 어부들은 해류가 흐르는 대로 미끼를 맡기거나,

180미터라 짐작하면서도 실제로는 110미터 정도 되는 곳에

미끼를 놓아두기도 했다.

하지만 나는 다르다. 나는 미끼를 정확한 깊이에 드리운다.

단지 운이 따르지 않았을 뿐이다.

하지만 누가 알겠는가? 바로 오늘 그 운이 찾아올지.

하루하루가 새로운 날이 아닌가.

물론 운이 따른다면 더 좋겠지만,

나는 그보다 먼저 모든 일을 빈틈없이 해내고 싶다.

그래야 운이 찾아오는 순간,

그것을 온전히 맞이할 만반의 준비를

갖추고 있게 될 테니까.

- 어니스트 헤밍웨이, 《노인과 바다》

· · ·

노인은 84일째 고기를 잡지 못하고 있었지만, 운이 찾아왔을 때 그것을 잡을
준비가 되어 있었다. 운은 앉아서 기다리는 자에게는 오지 않는다. 운이 찾아왔
을 때 준비되어 있는 자만이 그것을 잡을 수 있다. 노인은 위험을 무릅쓰고 더
깊은 바다로 들어갔다.

# 과정을 통해 목표가 선명해진다

테오야, 나는 내가 선택한 이 길을 끝까지 가야만 해.
만약 여기서 배움을 포기하고 노력을 멈춘다면
나는 결국 무너지고 말 거야.
하지만 묵묵히 한길을 가다 보면
반드시 무언가에 가닿으리라 믿어.
나의 최종 목적지가 어디냐고 묻고 싶겠지.
초벌 그림이 정교한 데생이 되고,
그 데생이 비로소 찬란한 유화로 피어나듯,
목표란 처음부터 정해진 것이 아니란다.
모호했던 첫 마음을 끊임없이 다듬고
찰나의 영감을 구체적으로 실현해가는 과정 속에,
우리의 목표는 점차 명확해지는 법이지.
그렇게 느리지만 확실하게 완성되어 가는 것이 아닐까.

- 빈센트 반 고흐, 《반 고흐, 영혼의 편지》

• • •

믿음이란 처음부터 생기는 것이 아니다.
위대한 일은 확고한 의지를 가지고 있을 때 이루어지고,
믿음은 믿기 어려운 것을 믿고 갈 때 점점 뚜렷해진다.
가는 길이 쉽다면 그 길이 자신의 길이 아닐 수도 있다.

# 중요한 것은 눈에 보이지 않아

"그래, 잘 가. 마지막으로 내 비밀을 가르쳐 줄게.
아주 간단한 거야.
무엇이든 잘 보려면 오로지 마음으로 봐야 해.
가장 중요한 것은 눈에 보이지 않아."
여우가 말했다.
"가장 중요한 것은 눈에 보이지 않는다."
어린 왕자는 이 말을 잊지 않으려고 계속 되풀이했다.

"너에게 그 꽃이 그토록 소중한 이유는
네가 그 꽃을 돌보기 위해 쏟아부은 시간들 속에 있어."

- 생텍쥐페리, 《어린 왕자》

· · ·

삶의 비밀은 단순하다. 실천하는 것이 어려울 뿐.
상대의 단점은 잘 보이지만 장점은 잘 보이지 않는다. 처음의 장점이 단점으로
보이는 것은 쉽지만 단점 속에 장점을 지니고 있다는 것을 보기는 어렵다. 마음
의 눈으로 보면 볼 수 있을지도 모른다.

# 재능보다 중요한 것은 대상이다

세상에 대상보다 더 중요한 것이 어디 있겠나.

알맹이 없는 이론은 그저 허상일 뿐이라네.

다루는 대상이 올바르지 않다면

그 어떤 탁월한 재능도 결국 헛수고에 불과하지.

오늘날의 예술이 제자리걸음인 이유는

시대를 관통하는 품격 있는 대상을 잃어버렸기 때문이네.

우리 모두가 바로 그 빈곤함 때문에

고통받고 있는 것이 아니겠나.

나 역시 이 공허한 현대성이라는 굴레에서

결코 자유로울 수 없었네.

- 요한 페터 에커만, 《괴테와의 대화》

· · ·

예술의 영원한 숙제인 형식(How)과 내용(What)에 대해 괴테는 내용, 즉 대상(무엇을)에 더 큰 무게를 두었다. 그는 아무리 뛰어난 붓놀림이 있어도 그릴 가치가 있는 고귀한 대상이 아니라면 그 예술은 생명력이 없다고 보았다. 무엇이든 할 수 있는 시대에 우리가 길을 잃은 이유는 무엇(대상)을 해야 할지 모르기 때문이다.

# 자기합리화의 정신 승리법

건달들은 멈추지 않고 아큐를 괴롭히더니
끝내 매질까지 퍼부었다. 겉으로 봤을 때 아큐의 완패였다.
그는 변발을 붙잡힌 채 담벼락에 머리를 너댓 번이나
찧고 나서야 풀려날 수 있었다.
건달들이 만족스러운 표정으로 사라진 뒤에도
아큐는 한동안 멍하니 서 있다가 입을 열었다.
"자식 같은 놈들에게 맞다니, 세상 참 말세로군."
아큐 역시 스스로 만족한 듯 득의양양한 걸음으로 자리를 떴다.
아큐는 자신의 머릿속에서 꾸며낸 승리감을 늘 입 밖으로 내뱉곤 했다.
덕분에 그를 비웃던 마을 사람들은 모두 알게 되었다.
그에게는 패배를 승리로 둔갑시키는
기묘한 '정신 승리법'이 있다는 사실을.

**- 루쉰, 《아큐정전》**

· · ·

아큐는 자신을 때린 사람을 '자식'으로, 맞은 자신을 '아버지'로 설정함으로써 도덕적, 위계적 우월함을 가진다. 아큐의 정신 승리법은 긍정적인 마음을 가지는 것과는 차원이 다른 문제이다. 이것은 현실의 비참함을 회피하기 위한 치명적인 자기기만이며, 상황을 더욱 악화시킬 뿐이다. 고통스럽더라도 사실을 객관적으로 받아들여야 한다.

# 잃어버린 마음을 찾는 법

어진 마음(仁)은 인간이 머물러야 할 본래의 집이요,

올바른 의리(義)는 인간이 걸어가야 할 유일한 길이다.

아, 슬프도다.

그 길을 비워두고 걷지 않으며,

그 마음을 놓치고도 되찾을 줄을 모르니.

사람들은 기르던 닭이나 개가 사라지면

온 동네를 뒤져서라도 찾을 줄 알면서,

정작 자신의 소중한 마음을 잃어버리고는

찾으려 하지 않는다.

학문의 길이란 결코 거창한 데 있는 것이 아니다.

오직 내 밖으로 흩어진 그 마음을

다시 거두어들이는 것, 바로 그것뿐이다.

- 《맹자》

•  •  •

사람은 보이는 것의 소중함은 잘 알고 있지만, 보이지 않는 것은 잘 모른다. 마음이 그렇다. 진정한 공부는 '나는 누구인가' '나는 어떻게 살 것인가'라는 근원적인 질문을 마음에 담아두고 자신의 답을 찾는 것이다.

# 진짜 고수는 평범해 보인다

참된 지혜를 가진 이는 겉으로 드러나지 않아

얼핏 어리석어 보이고,

거대한 전략을 세우는 이는 요란하게 움직이지 않아

아무것도 도모하지 않는 듯 보인다.

진정한 용기를 가진 자는 싸우기 전에

이미 상대를 굴복시키기에 사나워 보이지 않으며,

큰 이익을 추구하는 자는 오히려

천하와 이로움을 나누기에

자신은 아무것도 탐하지 않는 것처럼 보일 뿐이다.

세상을 이롭게 하는 이에게는

세상이 스스로 길을 열어주지만,

세상을 해롭게 하는 이의 앞길은

세상이 마음을 모아 가로막는 법이다.

- 태공망(강태공), 《육도》

• • •

참된 가치는 겉으로 잘 드러나지 않는다. 빈 그릇이 요란한 법이고, 속이 깊은 사람은 깊이를 잘 드러내지 않는다. 진정으로 깊은 지혜를 가진 사람은 자신을 과시하여 남의 경계심을 사지 않는다.

# 강함과 부드러움의 조화

부드러움은 타인을 품어 안는 덕망이요,
딱딱함은 타인을 해치는 재앙이다.
진정한 고수는 부드러움에만 매몰되지 않는다.
부드러워야 할 때는 한없이 온화하게,
단호해야 할 때는 서슬 퍼렇게 명을 집행하며,
물러나야 할 때는 기꺼이 약함을 보이고,
맞서야 할 때는 폭풍 같은 강함을 드러내야 한다.
삶이라는 전장을 지휘하는 장수는
이 부드러움과 딱딱함, 강함과 약함을
자유자재로 섞어 쓰며
시대의 흐름과 상황에 따라
유연하게 움직여야 한다.

\- 황석공, 《삼략》

· · ·

진정한 리더는 하나의 카드만 보여서는 안 된다. 상황에 따라 부드러움과 강함을 적절히 배합하는 능력이 필요하다. 때로는 산처럼, 때로는 번개처럼 강온전략을 구사하는 유연함이 승리의 비결이다.

# 나의 언어의 한계가 나의 세계의 한계

우리는 언어를 통해 세계를 보고 세계를 이해한다.

따라서 나의 언어의 한계는 곧

나의 세계의 한계를 의미한다.

논리는 온 세상을 빈틈없이 채우고 있다.

세계의 경계가 곧 논리의 경계이기에,

논리학에서 무엇이 세계 안에 속하고 무엇이 그 밖에 있는지를

판별할 수 없다.

우리는 생각할 수 없는 것을 생각할 수 없으며,

비논리적인 것 또한 사유의 영역에 들일 수 없다.

결국, 사유할 수 없는 것은 말할 수도 없는 것이다.

- 비트겐슈타인, 《논리철학논고》

•  •  •

언어는 그 사람의 세계를 비추는 거울이다. 말하는 것은 세상에 있는 사실들을 물감으로 그리는 것과 같다. 나에게 없는 물감으로 원하는 색을 그릴 수 없듯이, 나에게 없는 언어로는 그 세계를 말할 수 없다. 내가 말할 수 있는 어휘만큼만 세상을 그릴 수 있다.

# 때로는 선함이 무기가 되지 못한다

군주가 모든 미덕을 완벽히 갖출 필요는 없으나,
그것을 갖춘 것처럼 보이는 지혜는 반드시 필요합니다.
감히 말씀드리건대, 모든 덕목을 갖추고 그것을 준수하는 것은
군주에게 오히려 해가 될 뿐입니다.
그러나 군주가 그러한 덕을 갖춘 것처럼 보인다는 것은
유익한 일입니다.
군주는 인자함, 신의, 인간미, 종교적 경건함을
갖춘 듯 행동해야 하며, 가급적 선에서 벗어나지 말아야 합니다.
필요하다면, 그리고 생존이 걸린 순간이라면
즉각 자세를 표변(豹變)하여 그 반대되는 일조차
능숙하게 처리할 수 있는 냉혹한 결단력이 있어야 합니다.
- 마키아벨리,《군주론》

. . .

군주는 자신의 속마음을 쉽게 드러내지 않는 엄중함이 필수적이다. 상황이 바
뀌면 군주의 행동 방식도 변해야 한다. 한 가지 성품에만 머무는 군주는 시대의
흐름을 이기지 못하고 몰락한다. 군주는 겉으로는 성자(聖者)의 옷을 입되, 속
으로는 사자의 용맹과 여우의 교활함을 품어야 한다.

# 자등명 법등명

진심으로 바라노니, 이제 나를 떠나라.

그리고 차라투스트라에게 저항하라!

더 나아가 차라투스트라라는 존재를 부끄러워하라.

어쩌면 그가 그대들을 속였을지도 모를 일 아닌가.

진정으로 인식하려는 인간은

적을 사랑하는 법뿐만 아니라,

벗을 미워하는 법도 알아야 한다.

영원히 학생으로만 남는 자는

스승에 대한 도리를 다하지 못하는 법이다.

그대들은 어찌하여 나의 머리 위에 놓인

이 월계관을 빼앗으려 하지 않는가?

  - 니체, 《차라투스트라는 이렇게 말했다》

· · ·

부처님의 마지막 가르침은 "스스로를 등불로 삼으라, 진리를 등불로 삼으라(自燈明法燈明)"였다. 송나라의 학자 정이는 "스승을 능가하지 못하는 자가 스승을 가장 욕되게 하는 것이다"라고 말했다. 위대한 스승의 최후의 가르침은 '하산하라!'는 것이다.

# 아폴론과 디오니소스

인간은 노래하고 춤추면서

자신이 더 높은 공동체의 일원임을 증명한다.

그는 이제 땅을 딛고 걷는 법도, 일상의 말을 내뱉는 법도 잊은 채

춤을 추며 허공을 향해 날아오른다.

마법에 걸린 듯한 그의 몸짓은 초자연적인 울림이 되어 퍼져나간다.

짐승이 말을 하고 대지에 젖과 꿀이 흐르는 기적처럼,

그에게서 신성이 뿜어져 나온다.

그는 스스로를 신이라 느끼며

마치 꿈속에서 신들의 소요를 목격한 듯,

황홀함에 젖어 고양된 채 대지를 유영한다.

이제 인간은 더 이상 예술을 만드는 사람이 아니다.

스스로 눈부신 예술 작품이 되어버린 것이다.

- 니체, 《비극의 탄생》

· · ·

니체는 인간의 삶과 예술이 완성되기 위해서는 아폴론과 디오니소스라는 두 가지 상반된 에너지가 반드시 조화를 이루어야 한다고 믿었다. 즉, 질서와 절제의 아폴론적인 것과 무질서와 도취의 디오니소스적인 것이 함께 있어야 한다는 것이다.

# 마음의 근육을 기르는 법

억울한 일을 당하거나 폭행을 당해 모욕감을 느꼈다면,
그 모욕감은 행위 그 자체가 아닌
그것을 바라보는 내 감정 때문이라는 것을 기억하라.
타인 때문에 괴롭다면,
그 괴로움의 실체는 상대의 언행이 아니라
그것을 해석하는 내 사사로운 감정의 그림자일 뿐이다.
겉으로 드러나는 모습에 대한
내 감정에 사로잡히지 않도록 먼저 노력하라.
감정과 사건 사이에 잠시
'시간'이라는 여백을 두고 인내할 수 있다면,
당신은 곧 폭풍 속에서도
스스로를 다스리는 고요한 힘을 얻게 될 것이다.

- 에픽테토스, 《에픽테토스의 인생론》

• • •

상처 주는 사람은 없는데 받는 사람만 있다. 상처는 주는 것이 아니라 나의 생각이 만드는 것이다. 괴로움의 실체는 상대방의 행동이 아니라 그 행동에 대한 나의 시각이다. 강한 분노나 모욕감이 엄습할 때, 그 감정이 진실이라고 믿지 말라. 감정의 폭풍이 지나가도록 시간이라는 여백을 두라.

# 삶은 무한히 반복된다

어느 깊은 밤, 고독 속에 잠겨 있는 당신에게
악령이 찾아와 속삭인다고 가정해 보라.
"당신은 지금껏 살아온 이 삶을 다시 한번,
아니 무수히 반복해서 살아야만 한다.
여기엔 그 어떤 새로운 일도 없을 것이다.
모든 고통과 기쁨, 모든 생각과 탄식,
당신의 생을 채웠던 크고 작은 모든 순간이
똑같은 순서로 당신을 찾아올 것이다."
이 무시무시한 영원 앞에서 당신은 어떻게 하겠는가?
당신은 이 삶을 다시 한번,
그리고 영원히 반복하기를 간절히 원하는가?

- 니체,《즐거운 학문》

• • •

이 질문에 "그렇다!"라고 기쁘게 외칠 수 있다면, 그것은 자신의 삶을 진정으로 사랑하고 긍정한 결과일 것이다. 삶은 똑같은 하루는 아니지만 비슷한 하루의 연속이다. 만약 오늘 하루가 영원히 반복된다면 당신은 어떤 일을 하고, 어떤 일을 하지 않을 것인가?

# 나 자신으로 산다는 것

내가 진정으로 가치 있다고 믿는 일을 해야지,
타인의 기준에 맞춘 중요함에 매몰되어서는 안 된다.
일상과 내면에서 이 원칙을 지키는 건 무척 어렵지만,
바로 이것이 위대함과 평범함을 가르는 결정적 잣대가 된다.
세상에는 언제나 당신보다 당신의 의무를 더 잘 안다고
확신하는 이들이 가득하기에 이 원칙은 늘 위태롭다.
대중의 여론에 휩쓸려 사는 것은 누구나 할 수 있는 쉬운 일이다.
그러나 진정으로 위대한 이는 군중의 한복판에 서 있으면서도,
자신만의 고귀한 고독을 잃지 않은 채
품위 있게 살아가는 사람이다.

- 랄프 왈도 에머슨, 《자기신뢰》

· · ·

세상의 의견을 따르는 것은 쉽다. 그렇게 살면 자신의 존재가 없다. 자기 마음대로 사는 것도 쉽다. 그렇게 살면 독불장군 소리를 들어야 한다. 가장 이상적인 것은 자신의 의견을 가지고 있되 세상과 조화를 이루며 사는 것이다.

# 삶의 길을 잃었을 때

인생의 절반쯤에 이르렀을 때,
나는 바른 길을 놓치고
칠흑 같은 어둠의 숲 한복판에 서 있었다.

아, 이 거칠고도 험난한 숲을 어찌 다 말로 형언할 수 있을까.
그 완강한 어둠은 떠올리는 것만으로도
가슴 속 깊은 곳에서 두려움이 다시금 솟구친다.

죽음조차 그보다 더 쓰지는 않으리라.
그 지독한 어둠 끝에서 마주했던 선(善)을 전하기 위해,
그곳에서 목격한 모든 고통과 경이로움을 이제 이야기하려 한다.

- 단테, 《신곡/지옥편》

· · ·

단테는 인생의 가장 화려한 정점에서 모든 빛이 꺼졌다. 인생의 위기는 누구에게나 찾아온다. 그 사람의 삶을 결정하는 것은 삶의 불꽃이 얼마나 화려했는가가 아니라 어둠의 시간을 어떻게 극복했는가에 달려 있다. 단테는 삶의 암울한 시기에 위대한 서사시 《신곡》을 썼다.

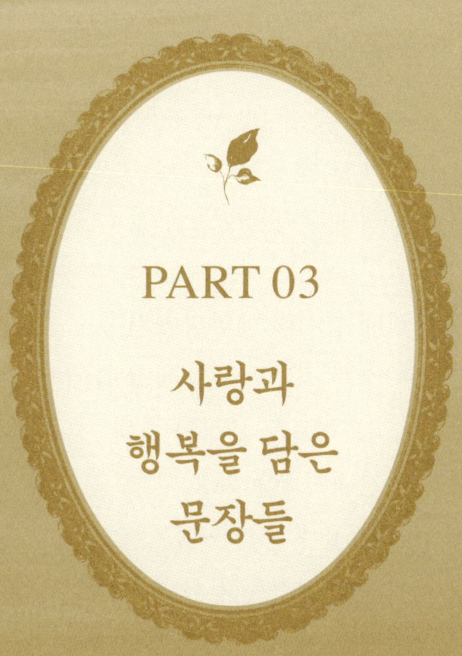


PART 03

사랑과
행복을 담은
문장들

# 사랑도 나이를 먹는다

아, 삶의 중간 지점에 다다르기도 전에
우리의 사랑은 얼마나 초라하게 사그라드는가.
어린아이는 '타인'의 존재를 인식하는 찰나,
더 이상 어린아이가 아니다.
사랑의 샘은 서서히 막히고,
흐르는 세월 속에 마침내 완전히 메말라버린다.
빛을 잃은 눈동자로 우리는 소란스러운 세상 속에서
어둡고 지친 얼굴을 한 채 서로를 무심히 스쳐 지나칠 뿐이다.
우리는 서로 인사조차 건네지 않는다.
대답 없는 인사가 얼마나 깊은 상처를 남기는지,
한때 손을 맞잡았던 이와 작별하는 것이
얼마나 형언할 수 없는 슬픔인지
이미 너무 잘 알고 있기 때문이다.

**- 막스 뮐러, 《독일인의 사랑》**

• • •

꽃이 항상 붉을 수 없듯이 시간이 지나면 사랑도 작아진다. 우리가 세속에 길들여졌기 때문이다. 먼저 마음을 열다 보면 상처를 받을 수도 있다. 어쩔 수 없이 상처를 받는 것이 메말라가는 것보다는 더 낫다. 상처는 시간이 지나면 아물 수도 있지만 메마른 마음은 되살리기가 힘들기 때문이다.

# 예술이 생명을 구하는 순간

베이먼 할아버지가 오늘 병원에서 세상을 떠나셨어.

사인은 폐렴이었지.

그렇게 험한 날씨에 대체 어디를 다녀오셨는지

처음엔 아무도 알지 못했어.

그러다 아직 불이 켜진 각등과 사다리, 사방에 흩어진 붓들,

그리고 초록색과 노란색 물감이 묻은 팔레트를 발견한 거야.

자, 창밖을 내다보렴.

저 벽에 붙은 마지막 담쟁이 잎을 봐. 좀 이상하지 않니?

바람이 저토록 거센데도 전혀 흔들림이 없잖아.

그건 베이먼 할아버지가 남긴 일생의 걸작이란다.

진짜 마지막 잎새가 떨어지던 그 밤,

할아버지는 차가운 비를 맞으며

그 자리에 희망을 그려 놓으신 거야.

─ 오 헨리, 《마지막 잎새》

• • •

평생 '언젠가 걸작을 그리겠다'던 무명 화가 베이먼 할아버지는 한 사람의 생명을 구한 벽화를 통해 생애 최고의 걸작을 남겼다. 나의 마지막 잎새는 무엇이 될 것인가, 누구를 위한 잎새일까, 그것을 지금 할 수는 없을까.

# 이토록 순수하고 고결한 사랑

별들의 결혼에 대해서 설명하려고 하던 중,

나는 보드랍고 신선한 무언가가

내 어깨 위를 가만히 누르는 것을 느꼈습니다.

리본과 레이스, 그리고 물결치는 머리카락이

기분 좋은 마찰을 일으키며 내게 기대어온 것,

그것은 잠의 무게를 이기지 못한 아가씨의 머리였습니다.

밤하늘의 별들은 거대한 양 떼처럼

우리 머리 위를 말없이 고요하게 흘러갔습니다.

나는 몇 번이고 생각했습니다.

저 수많은 별 중에서 가장 곱고 찬란한 별 하나가

길을 잃고 내려와,

지금 내 어깨 위에 내려앉아 꿈을 꾸고 있는 것이라고.

- 알퐁스 도데, 《별》

• • •

스마트폰만 있으면 언제 어디서나 연결되는 세상에서 상대를 향한 애틋함이나 깊은 그리움이 들어설 자리는 없다. 현대의 사랑은 공을 들여 마음을 얻기 보다는 빠르고 확실한 결과를 바란다. 하늘의 별은 그대로인데 그것을 바라보는 사람의 마음이 달라졌다.

# 중요한 세 가지 질문

잊지 마시오.

우리에게 허락된 가장 중요한 시간은

오직 하나, 바로 '지금'뿐입니다.

지금 이 순간만이 우리가 진실로 힘을 발휘할 수 있는

유일한 시간이기 때문입니다.

당신에게 가장 필요한 사람은

지금 당신 곁에 있는 사람입니다.

앞으로 우리가 어떤 인연을 맺으며 살아갈지는

그 누구도 알 수 없기 때문입니다.

그리고 당신이 해야 할 가장 중요한 일은

그 사람에게 선을 베푸는 것입니다.

인간이 이 세상에 태어난 목적은

오직 그것 하나뿐입니다.

- 톨스토이, 《세 가지 질문》

• • •

왕이 인생에서 풀지 못한 세 가지 질문에 대한 답을 구하는 것이다.
세상에서 가장 중요한 때는 언제인가?
세상에서 가장 중요한 사람은 누구인가?
세상에서 가장 중요한 일은 무엇인가?

# 행복한 부부는 장점이 단점이 되지 않게 한다

난 진심으로 제인의 성공을 빌어.

하지만 제인이 내일 당장 그와 결혼해서 행복해질 확률이나,

열두 달 동안 서로의 성격을 낱낱이 파헤친 뒤

결혼해서 행복해질 확률이나

사실 별반 차이가 없다고 봐.

결혼의 성패는 그저 순전히 운에 달려 있는 법이니까.

서로의 성향을 완벽히 안다거나 성격이 닮았다고 해서

행복이 보장되는 건 절대 아니야.

인간의 성향이란 결국 변하기 마련이라,

나중엔 서로를 견딜 수 없을 만큼 달라지기도 하지.

그러니 평생을 함께할 사람의 결점이라면,

차라리 가능한 한 늦게, 그리고 적게 알수록 좋은 법이야.

- 제인 오스틴, 《오만과 편견》

· · ·

우리는 완벽한 사람과 결혼할 수 없다. 어떤 선택을 하더라도 후회는 있게 마련이다. 자신의 선택에 책임을 지고 그 안에서 즐겁게 사는 것이 행복이다. 아무리 좋은 사람도 같이 살면 식상해지기 마련이다. 행복한 결혼에 필요한 것은 익숙함의 함정에 빠지지 않는 것이다. 장점이 단점이 되지 않게 서로를 바라보는 노력이 필요하다.

# 오늘이라는 선물

시간이란 만물을 창조하는 근본이자,

그 무엇으로도 설명할 수 없는 신비한 것이다.

시간이 존재하기에 비로소 모든 가능성이 생겨나며,

시간 없이는 그 무엇도 존재할 수 없다.

우리에게 매일 새로운 시간이 주어진다는 사실은,

실로 매일 기적이 반복되고 있는 것이다.

아침에 눈을 뜨는 순간을 상상해 보라.

당신의 지갑에는 누구도 손대지 않은

눈부신 '24시간'이 가득 채워져 있다.

그 어떤 대가도 치르지 않았음에도

이 귀한 보물은 온전히 당신의 것이다.

이것이야말로 세상 그 무엇과도 바꿀 수 없는

가장 고귀한 재산이다.

- 아널드 베넷, 《하루 24시간 어떻게 살 것인가》

· · ·

우리는 돈을 잃어버리면 아까워하지만 시간을 잃어버린 것에 대해서는 무감각하다. 내일의 해가 다시 뜬다는 것을 알기 때문이다. 그러나 언젠가는 다시 떠오르는 해를 보지 못하는 날이 반드시 온다는 사실을 기억해야 한다.

# 불행 속에서도 우리는 자유롭다

지난 3주간의 행군을 통해 그는

위안이 되는 새로운 진리 하나를 알게 되었다.

그것은 세상에 진정으로 두려워할 대상은

아무것도 없다는 사실이었다.

인간에게 완전한 행복과 자유가

동시에 주어지는 상황이 없듯,

완전한 불행과 구속에 갇히는 상황 또한

존재하지 않음을 그는 깨달았다.

고통에도 한계가 있고, 자유에도 경계가 있다.

그리고 그 한계들은 생각보다 아주 가까운 곳에

서로 맞닿아 있다.

- 톨스토이, 《전쟁과 평화》

. . .

영원한 고통도, 영원한 행복도 없다. 참을 수 없을 것 같은 고통도 지나면 더 이상 고통이 아니고, 구름 위를 걷는 것 같은 행복도 잠시 뿐 일상으로 돌아온다. 어떤 극심한 시련도 인간의 영혼을 영원히 가둘 수는 없다. 시간이 지나면 고통에 몸부림치던 사람도 웃고, 행복에 겨워하던 사람도 눈물짓는다.

# 욕망의 본질은 결핍이다

우리가 무언가를 갈망하고 추구하는 이유는 단순하다.

얻고자 하는 바로 그것이

지금 우리에게 결여되어 있기 때문이다.

결국 모든 욕망은 결핍이라는 토양 위에서 자라난다.

사랑의 신 에로스가 선(善)을 추구한다면,

그것은 그에게 선이 부재함을 의미한다.

풍요를 손에 쥔 자는 더 이상 부를 바라지 않으며,

강인한 힘을 가진 자는 강함을 갈구하지 않고,

건강한 자는 건강을 위해 기도할 필요가 없다.

- 플라톤, 《향연》

· · ·

사람은 없는 것을 욕망한다. 욕망은 언제나 '내가 갖지 못한 것'을 향해 뻗어 나가는 그림자와 같다. 사랑은 충만한 상태가 아니라 부족함을 채우려는 욕망이다. 소크라테스는 자신이 모른다는 사실을 알고 있었기 때문에 지혜를 사랑할 수 있었다. 행복이란 다 채워진 만족이 아니라, 자신의 비어 있음을 긍정하며, 그 여백을 사랑으로 채워가는 과정 속에 있다.

# 행복은 과정에 있는 것

행복이란 무엇인가?

콜럼버스가 진정한 행복을 느낀 순간은

아메리카 대륙을 발견한 이후가 아니라,

바로 그것을 찾아 나섰던 과정 속에 있었다.

그가 환희의 정점에 도달했던 때는

실제로 신세계를 목격하기 사흘 전, 절망한 선원들이

유럽으로 돌아가자고 했을 때였음이 분명하다.

신세계 자체가 그에게 무슨 의미가 있겠는가.

중요한 것은 오직 삶, 그 생동하는 움직임뿐이다.

영원히, 그리고 끊임없이 삶 자체를 발견하는 것,

그에 비견할 수 있는 일은 아무것도 없다.

그 외에 다른 것은 세상에 아무것도 없다.

- 도스토예프스키, 《백치》

. . .

성취는 행복의 마침표가 아니라 권태의 시작이다. 산에 오르는 자의 즐거움은 정상(頂上)이 아니라 산 그 자체에 있듯이, 행복은 성취에 있는 것이 아니라 과정에 있다.

# 사랑의 행동은 약속할 수 있다

행동은 약속할 수 있어도 감정은 약속할 수 없다.
감정은 의지의 영역 밖에 존재하기 때문이다.
누군가를 영원히 사랑하겠다거나, 미워하겠다거나,
변치 않고 충실하겠다고 서약하는 이는
자신의 힘이 미치지 않는
신의 영역을 침범하는 것과 같다.
그러나 당신은 특정한 '행동'만큼은 약속할 수 있다.
그 행동이 비록 사랑이나 충실함의
자연스러운 결과라 할지라도,
때로는 의무감이나 책임감 같은
다른 동기를 통해 구현될 수 있기 때문이다.

\- 니체, 《인간적인 너무나 인간적인》

• • •

관계를 지탱하는 것은 시시각각 변하는 마음의 날씨와 상관없이 묵묵히 이행하는 당신의 결단과 행동이다. 감정은 날씨처럼 수시로 변한다. 날씨를 통제할 수 없는 것처럼 감정은 인간의 통제 밖의 영역이다. 그러나 행동은 통제할 수 있다. 누군가를 사랑하지 않는데 사랑의 행동을 하는 것은 기만이 아니다. 오히려 인간적인 고귀함이다.

# 사랑하는 태도에 관하여

세상 사람들에게 칭찬을 받는 것은 훌륭한 성취이나,
더 중요한 것은 사람들에게 사랑받는 일이다.
사랑받는다는 것은 때로 타고난 행운처럼 보일지라도,
사실은 그 사랑을 지켜내려는
끈질긴 노력이 수반되어야 하는 일이다.
뛰어난 재능만으로는 부족하다.
그러니 주변 사람들에게
마음을 다해 다정함을 건네라.
사소한 말 한마디에도 온기를 담고,
평소의 언행 하나하나에 정성을 다하라.
누군가에게 사랑받길 원한다면, 그보다 먼저
스스로 사랑을 실천할 줄 알아야 한다.

- 쇼펜하우어, 《세상을 보는 방법》

• • •

아름다움과 재능은 사랑의 필요조건이다. 충분조건은 내가 먼저 사랑하는 것
이다. 향기 있는 꽃에 나비가 날아오듯이, 내 안에 사랑이 있어야 사랑이 찾아
온다. 사랑은 과거형도 미래형도 아닌 현재진행형이다.

# 사랑이라는 묘약

신은 인류라는 종(種)을 지속시키기 위해
인간의 내면에 '환상'이라는 치명적인 묘약을 심어두었다.
우리는 그것을 '사랑'이라 부르지만,
성적 환상이라는 매혹적인 최면이 없다면,
어느 누가 그토록 고단한 연애의 과정을 감내하겠는가?
데이트를 앞두고 거울 앞에 서서 옷매무새를 가다듬는
그 처절한 노력이 번식이라는 본능의 명령이 아니라면,
과연 누가 기꺼이 그 수고를 짊어지겠는가.
우리는 스스로를 위해 사랑한다고 믿지만,
사실은 거대한 생명의 의지에
충실히 복종하고 있을 뿐이다.

- 쇼펜하우어, 《쇼펜하우어 인생론》

• • •

신은 세상을 아름답게 만들기 위해 '사랑'을 주었다. 플라톤은 '성적 쾌락은 최
대의 사기꾼'이라고 했다. 우리 모두가 속고 있는 줄도 모르고 속고 있다. 꿈인
줄 알면 꿈속에서 놀라지 않는 것처럼 속는 줄 알고 즐기는 것은 좋은 일이다.

# 사랑의 기쁨과 슬픔

인간에게 희열을 선사하는 바로 그것이,
어찌하여 이토록 처참한 비극의 불씨가 된단 말인가.
이것 또한 피할 수 없는 운명의 수레바퀴인가.
살아 숨 쉬는 대지를 향한 뜨거운 갈망이
내 가슴을 가득 채우고,
세상 만물은 나를 위한 천국으로 변해
찬란한 환희를 선사했었다.
그러나 한때 나를 숨 쉬게 했던 그 열망이
이제는 견딜 수 없는 박해자가 되어,
나를 할퀴는 마귀처럼 어디든 뒤쫓으며
영혼을 옥죄고 있다.

- 괴테, 《젊은 베르테르의 슬픔》

• • •

기쁨을 준 사람이 눈물도 줄 수 있고, 사랑을 준 사람이 이별을 남기고 떠날 수도 있다. 사랑이 기쁨만 주는 것은 아니다. 장미를 안으면 꽃과 가시를 함께 품어야 하듯이, 사랑을 할 때 밀려오는 기쁨과 환희를 안는 순간 슬픔과 고독을 맞을 각오가 되어 있어야 한다.

# 사랑의 결정작용

사랑에 빠진 이의 머릿속을 24시간 동안 관찰한다면,
우리는 경이로운 광경을 목격하게 될 것이다.
겨울날, 잎이 다 떨어진 메마른 나뭇가지를
잘츠부르크의 깊은 염갱(鹽坑) 속에 던져두었다가
몇 달 뒤 꺼내보라.
본래의 투박한 모습은 간데없고,
그 위엔 눈부신 소금 결정체들이
보석처럼 피어나 있을 것이다.
내가 '결정작용'이라 부르는 것은 이런 정신 활동이다.
눈에 보이는 모든 풍경 속에서
사랑하는 이의 새로운 아름다움을 끊임없이 발견해내고,
기어코 그것을 완벽한 빛으로 덧입히고 마는
고결한 환상 말이다.

- 스탕달, 《연애론》

• • •

내가 보는 것은 실체가 아니라 그것에 대한 나의 생각이다. 사랑은 환영(幻影)
이지만 우리의 삶을 풍요롭게 한다. 사랑은 의식적이건 무의식적이건 자신에
게 향한 거짓말이지만 우리를 행복하고 고상하게 해준다.

# 여백 있는 결혼에 대하여

영원히 그대들은 함께하리라,

비록 신의 말없는 기억 속에서까지도.

그러나 그대들 함께함에는 공간을 두라.

그리하여 하늘 바람이 그 사이에서 춤추게 하라.

서로 사랑하라, 그러나 구속되지는 말라.

차라리 영혼의 기슭 사이에 일렁이는 바다를 두라.

서로의 잔을 넘치게 하되 한쪽 잔만을 마시지 말라.

서로가 자기의 빵을 주되 한쪽 것만을 먹지 말라.

함께 노래하고 춤추며 즐기되 각자가 따로 있게 하라.

비록 같은 음악을 울릴지라도 기타 줄이 따로 있듯이.

- 칼릴 지브란, 《예언자》

· · ·

진정한 사랑은 상대를 사랑하면서 소유하지 않는다. 서로를 구속하거나 바꾸려고 하기 보다, 서로 존중하면서 고유성을 잃지 않는 것이며, 상대가 온전한 자신으로 존재할 수 있도록 여백을 허용하는 관계이다.

# 진정한 우정이란 무엇인가

우정은 우리 삶에 말로 다할 수 없는 축복을 선사한다.
서로를 향한 선의에서 평온을 얻지 못하는 삶에
과연 어떤 가치가 있겠는가.
나 자신에게 말하듯 속마음을 온전히 털어놓을 수 있는
누군가를 곁에 두는 것만큼 인생에서 감미로운 일은 없다.
자네가 성공의 정점에 서 있을 때,
그 기쁨을 자신의 일처럼 함께 나눌 벗이 없다면
그 번영이 무슨 의미가 있겠는가.
또한 자네보다 더 가슴 아파해줄 친구가 없다면,
고난의 무게는 참으로 견디기 힘든 짐이 될 것이다.
우정은 행운을 더욱 눈부시게 만들고,
불행은 나누어 짊어짐으로써 그 무게를 가볍게 덜어준다.

- 키케로, 《우정에 관하여》

• • •

진정한 우정은 단순히 감정을 교류하는 존재가 아니다. 내가 더 나은 사람이 되도록 만들어 주는 사람이다. 힘들 때 함께 아파하는 사람보다 내가 잘 되었을 때 함께 기뻐하는 사람이 진정한 친구다.

# 살아 있음 자체가 행복임을

이토록 찬란한 햇살과 구름 한 점 없는 푸른 하늘이
우리 머리 위에 머물고,
우리가 살아서 이 눈부신 풍경을 바라볼 수 있는 한,
우리는 결코 불행하지 않다. 나는 그렇게 믿기로 했어.
두려움과 쓸쓸함, 그리고 깊은 불행에 잠긴 이들에게
가장 완벽한 치유는 무엇일까.
그것은 오직 하늘과 대지, 그리고 신성한 자연과
마주할 수 있는 곳으로 떠나는 일이 아닐까?
그 소박하고도 경이로운 아름다움 속에서
비로소 우리는 깨닫게 될 거야.
신은 언제나 자연의 평화로운 품 안에서
우리의 행복을 묵묵히 응원하고 계신다는 사실을 말이야.

— 안네 프랑크, 《안네의 일기》

* * *

갇혀 있는 상황 속에서도 창밖의 하늘을 보며 희망을 찾으려는 안네의 마음이 느껴진다. 우리는 행복한 이유는 쉽게 찾지 못하지만 불행한 이유는 쉽게 찾는다. 행복은 역설적이게도 그 속에 있을 때는 모르다가 벗어났을 때 비로소 찾을 수 있다.

# 거절하는 것도 사랑이다

당신의 아이를 불행하게 만드는 확실한 방법이 있다.

아이가 원하는 것이 무엇이든 갖게 해주는 것이다.

아이의 욕망은 끝없이 비대해질 것이고,

그것을 채워줄 당신의 능력은 결국 고갈될 것이다.

언젠가 아이의 요구를 거절해야 하는 순간이 오면,

아이는 극심한 혼란에 빠질 것이다.

원하는 모든 것을 가질 수 있다고 믿었던 아이는

당신의 정당한 거절을 배신으로 받아들일 것이다.

당신의 그 어떤 설명도

아이에게는 비겁한 변명으로 들릴 뿐이다.

- 장 자크 루소 《에밀》

· · ·

행복이란 욕망과 능력의 균형에 있지만 부모는 그것을 모르는 경우가 많다. 아이는 자신 외에도 타인이 존재하며, 모든 욕망이 허용되지 않는다는 사실을 받아들이며 정신적으로 성장한다. 적절한 시점에서 욕망을 억제하는 것을 가르쳐야 한다.

# 의미보다 삶을 더 사랑하라

"나는 이 세상의 모든 사람들이

그 무엇보다도 먼저 삶을 사랑해야 한다고 믿어."

"삶의 의미를 찾는 것보다,

삶 그 자체를 더 사랑해야 한다는 뜻이니?"

"그럼, 반드시 그래야만 해.

형 말대로 논리보다 앞서서,

지성보다 먼저 삶을 온몸으로 사랑해야 해.

그때 우리는 삶의 의미가 무엇인지도

비로소 이해하게 될 거야.

머리로 따지기 전에

가슴으로 먼저 생(生)을 껴안는 것,

이것이 아주 오래전부터

내 영혼이 내게 속삭여온 진실이야."

- 도스토예프스키, 《카라마조프가의 형제들》

• • •

우리의 삶은 의미가 있어서 사는 것이 아니라 태어났기 때문에 사는 것이다. 사는 것이 먼저이고, 의미는 살면서 찾는 것이다. 삶은 증명해야 할 수학 문제가 아니다. 사랑하며 노래하고 춤추고 배우는 것이다. 소풍은 보물찾기가 아니라 즐겁게 노는 것이다.

# 영원히 지속되는 행복은 없다

나는 이 세상에 영원히 지속되는 행복이
존재한다고 믿지 않는다.
'이 순간이 영원히 멈추었으면' 하고 진심으로 갈망하는
환희의 순간은 오직 찰나에 불과하다.
지나간 과거를 그리워하거나 오지 않은 미래를 갈구하며,
현재의 마음을 끊임없이 불안과 공허로 채우는
그 덧없는 상태를 어찌 진정한 행복이라 부를 수 있겠는가.
행복이란 잡을 수 없는 신기루가 아니라,
오히려 '더 이상 바랄 것이 없는' 그 찰나의 평온 속에만
잠시 머무는 손님과 같은 것이다.

- 장 자크 루소, 《고독한 산책자의 몽상》

* * *

행복이 '영원히 지속되는 만족'이라면 그런 것은 없다. "두 사람은 오랫동안 행복하게 살았습니다"라는 동화책 결말이나 "꽃길만 걷게 해주겠다"라는 정치인의 말은 현실에서는 기만일 뿐이다. 행복은 잠시 머물다 날아가는 나비이며, 한 줄기 봄바람을 타고 오는 짧은 순간의 꽃향기이다.

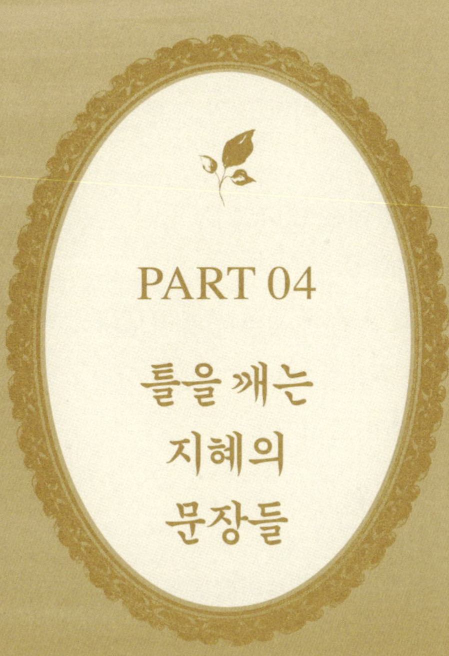
PART 04
틀을 깨는
지혜의
문장들

# 우리 인생은 짧지 않다

우리는 결코 짧은 생을 타고난 것이 아니다.

다만 우리가 소중한 삶을 낭비하고 있을 뿐이다.

인생은 충분히 길며,

그 모든 시간이 가치 있게 쓰인다면

인류의 가장 위대한 과업도 완수할 수 있다.

그러나 방탕함과 무관심 속에 시간을 흘려보내고,

선한 일을 위해 단 한순간도 내어주지 않는다면,

우리는 생의 끝자락에 이르러서야

비로소 깨닫게 된다.

흐르는 줄도 몰랐던 삶이

이미 다 타버린 촛불처럼 사라져버렸음을 말이다.

– 세네카, 《세네카 인생론》

• • •

우리의 시간을 물리적으로 길게 할 수는 없지만 삶의 밀도를 높일 수는 있다. 삶의 밀도를 높이는 두 가지 방법이 있다. 하나는 지금 이 순간에 집중하는 것이고, 다른 하나는 독서와 철학적 사유를 통해 과거 현인들의 지혜를 내 것으로 만드는 것이다.

# 이익이 만들어내는 마음

수레를 만드는 이는 모든 사람들이 부자가 되길 바라고,

관을 만드는 이는 사람들이 하루빨리 죽기를 원한다.

그렇다고 전자를 반드시 어질다 할 수 없고

후자를 악하다고 단정 지을 수는 없다.

가난한 이에게는 수레를 팔 수 없고,

산 사람에게는 관을 팔 수 없을 뿐이다.

관 장수가 타인의 죽음을 바라는 것은

누군가를 증오해서가 아니라,

오직 사람의 죽음이 곧 자신의 이익과 직결되는 구조 속에

살고 있기 때문이다.

— 한비, 《한비자》

· · ·

인간의 소망은 대개 도덕적 품성보다 그가 처한 이해관계의 방향에 따라 결정되곤 한다. 신하가 군주를 섬기는 것은 군주를 사랑해서가 아니라 군주를 통해 얻을 수 있는 보상 때문이다. 그러므로 사람을 움직이게 하려면 도덕이나 명분보다 직접적인 이익에 호소하는 것이 더 낫다.

# 가벼운 노년의 즐거움

노인이 되면 쾌락의 전율을 느끼지 못한다는
누군가의 말에 나 역시 동의하네.
그러나 노년의 지혜는
더 이상 쾌락을 갈구하지 않는다는 데 있다네.
노년의 소포클레스에게 어떤 이가 물었어.
여전히 육체적 쾌락을 즐기느냐고.
그는 이렇게 답했네. "아이고, 맙소사!
나는 이제야 비로소 사납고 잔인한 주인에게서
도망쳐 나온 것처럼 그 굴레에서 빠져나왔다네."

아쉽지 않은 사람은 결핍도 느끼지 못한다네.
아쉽지 않은 것이 더 즐거운 법이라네.

- 키케로,《노년에 관하여》

• • •

삶에서 인간이 겪는 기쁨과 고통의 총합은 비슷하다. 행복한 사람은 기뻤던 일을 더 많이 기억하고, 불행한 사람은 슬펐던 일을 더 많이 기억한다. 행복과 불행의 차이는 사건의 차이가 아니라 그것에 대한 해석과 기억의 차이다.

# 성취라는 이름의 진짜 비극

**달링턴 경:** 그녀는 나를 사랑하지 않네. 내가 만나본 유일하게 선한 여인이라 그런지, 결코 마음을 내어주지 않는군.

**덤비:** 자네를 사랑하지 않는 게 확실한가?

**달링턴 경:** 그렇다네. 절대로 아니야!

**덤비:** 축하하네, 친구. 이 세상에는 오직 두 가지 비극만 존재할 뿐이라네. 하나는 내가 원하는 것을 얻지 못하는 비극이고, 다른 하나는 기어이 그것을 얻고 마는 비극이지. 그런데 말일세, 후자가 훨씬 더 끔찍한 법이라네. 그것이야말로 삶의 가장 지독하고도 진짜인 비극이지.

- 오스카 와일드, 《윈더미어 부인의 부채》

. . .

원하는 것을 얻지 못하면 고통이 오고, 얻으면 권태가 오는 인생의 모순을 극복하지 못하면 삶은 비극이 된다. 왜 얻는 것이 더 나쁜 비극일까? 원하는 것을 얻기 전까지는 얻으려는 목표가 있어 희망을 가진 삶이 될 수 있지만 막상 얻고 나면 갈 길을 잃게 되기 때문이다.

# 변하는 것은 마음뿐

원숭이를 기르는 이가 원숭이들에게 제안했네.
도토리를 아침에 세 개, 저녁에 네 개 주겠다고.
원숭이들은 불같이 화를 냈지.
그러면 아침에 네 개, 저녁에 세 개를 주겠다고 하자
모든 원숭이가 기뻐하며 반겼어.

실상은 조금도 변하지 않았음에도
기쁨과 슬픔이 엇갈린 것은,
오직 마음의 좁은 시야에 갇혀
눈앞의 차이에만 집착했기 때문이라네.

-《장자》

. . .

원숭이가 화를 낸 것이 어리석은 일일까? 경제적인 관점에서는 합리적인 선택일 수 있다. 꾀로 선심 쓰듯 원숭이를 달랜 사람은 간사한 것일까? 손해를 보지 않으면서 판단의 기준을 상대에게 넘겨 목적을 달성한 유연한 사람이다.

# 확증편향이라는 함정

도끼를 잃어버린 한 사내가
이웃집 아들을 의심하기 시작했다.
그러자 아이의 걷는 모양새는 도둑의 걸음 같고,
안색은 죄를 지은 이의 표정 같으며,
말씨조차 영락없는 도둑의 말투였다.
얼마 후, 사내는 골짜기에서 자신의 도끼를 찾았다.
다음 날, 다시 이웃집 아들을 보고는 깜짝 놀랐다.
아이의 동작이나 태도 어디에서도
도둑질한 기색을 전혀 찾아볼 수 없었기 때문이다.
-《열자》

. . .

변한 것은 아이가 아니라, 오직 사내의 마음속에 자리 잡았던 의심의 안경이었다. 우리는 세상을 객관적으로 보는 것이 아니라 주관적으로 본다. 주관적인 감정이나 선입견이 객관적인 판단을 얼마나 왜곡하는가. 선입견이나 편견이 얼마나 위험한가.

# 비는 기우제를 지내지 않아도 온다

기우제를 지내면 왜 어김없이 비가 내리는가?

실로 아무런 비밀도 없다.

비는 기우제를 지내지 않아도 때가 되면 내린다.

일식과 월식에 재난을 막는 의식을 행하고,

가뭄에 제를 올리며,

점을 쳐서 대사를 결정하는 것은

자연의 섭리를 바꾸기 위함이 아니다.

오직 격식을 갖춤으로써

인간의 마음을 다스리고 위안을 얻는 과정일 뿐.

깨어 있는 군자는

정돈된 형식을 갖추기 위해 그 일을 행하나,

어리석은 이는 신령한 힘이 돕는다고 믿는다.

-《순자》

· · ·

자연의 법칙은 인간의 인위적인 의식(儀式)과 상관없이 스스로 흘러간다. 비가 오는 것은 과학적인 기상현상일 뿐이지만 인간은 자신의 간절함을 투사하여 '내가 의식을 치렀기 때문에 비가 왔다'는 인과관계를 만들어 심리적 위안을 얻는다. 비가 오지 않는데도 왕이 기우제도 안 지내면 민심을 어떻게 달랠 수 있겠는가.

# 비움으로써 채워지는 것들

그대가 묻는 성현들은 이미 뼈마디조차 썩어 없어지고
오직 덧없는 말들만 세상에 남았을 뿐이오.
군자란 때를 만나면 세상에 나아가 뜻을 펼치지만,
시운이 따르지 않으면 바람에 흩날리는 다북쑥처럼
떠도는 운명을 기꺼이 받아들여야 하는 법이지.
진실로 훌륭한 상인은 귀한 보물을 깊이 갈무리하여
겉으로는 아무것도 없는 듯 보이고,
참된 군자는 눈부신 덕을 지녔으되
겉모양은 어리숙한 이처럼 비치는 법이라오.
그러니 그대 안의 교만과 지나친 갈망,
가식적인 표정과 끝없는 야심을 이제 그만 내려놓으시오.
그 모든 번잡함은 그대의 삶에 아무런 보탬이 되지 않소.

- 사마천, 《사기열전》

· · ·

유가의 비조인 공자가 도가의 성인 노자를 만나 가르침을 얻는 장면이다.
노자는 형식적인 예나 인위적인 도덕은 본질적이지 않다고 보았으며, 인위적
이고 겉으로 드러나는 것을 버리라고 충고했다.

# 내 곁의 현자를 알아보라

세상 사람들은 수많은 편견 속에서 살아가곤 한다.
아득히 먼 곳의 일에는 열광하면서
정작 가까이에서 일어나는 일에는 마음을 두지 않는다.
같은 마을에 현명하고 지혜로운 이가 있어도,
단지 매일 마주한다는 이유로
그를 업신여기고 예의를 갖추지 않는다.
그러면서도 다른 고을에서 이름난 이가 왔다는 소문에는
목을 길게 빼고 마음을 빼앗겨 버린다.
지혜는 결코 먼 곳에 있지 않건만,
사람들은 제 발밑의 보물을 두고
늘 구름 너머의 환상만을 좇고 있다.

- 안지추, 《안씨가훈》

· · ·

누구도 자기 마을에서는 선지자 대접을 받지 못한다. 석가모니, 공자, 예수도
예외는 아니었다. '잘 안다'는 선입견이 진실을 보는 눈을 가리는 탓이다. "모르
는 여자가 아름다워요"라는 노랫말이 있다. 모르는 사람에게는 호기심이나 환
상이 있기 때문이다. 여기에 속지 않아야 한다.

# 표상, 마음이 그린 풍경

'세계는 나의 표상이다.'

이는 살아 움직이며 인식하는

모든 존재가 마주하는 단 하나의 진리다.

그러나 이 진리를 스스로 되새기며

사유할 수 있는 존재는 오직 인간뿐이며,

바로 이 자각으로부터 철학적 사색은 시작된다.

인간은 결코 태양이나 대지 그 자체를 알 수 없다.

다만 태양을 보는 눈이 있고, 대지를 느끼는 손이 있을 뿐이다.

우리를 둘러싼 이 방대한 세계는

오직 인식하는 자와의 관계 속에서만 '표상'으로 존재한다.

- 쇼펜하우어, 《의지와 표상으로서의 세계》

. . .

표상이란 우리에게 나타난 세계의 모습이다. 그것은 세계의 참모습이 아니라, 우리의 인식에 의해 만들어진 가공된 모습이다. 세상의 모습은 사람 수만큼이나 많다. 상대의 모습도 내가 인식하는 이미지에 불과할 뿐 실체가 아니다. 따라서 자신의 생각을 바꿀 수 있다면 세상도, 사람도 바꿀 수 있다.

# 우리는 왜 고통 속에서만 질문하는가

누군가에게 '삶의 의미가 무엇인가' 묻는다면,
그는 선뜻 답하지 못할 것이다.
대개의 삶은 질문 없이 흘러가며,
그 해답을 구하려 애쓰는 일 또한 드물다.
인류의 역사만큼이나 오래된 이 질문은
늘 공허한 탄식으로만 되풀이되곤 한다.
"도대체 왜 사는 것일까? 인생의 의미는 무엇인가?"
그러나 흥미롭게도 인간은 쓰라린 패배를 겪고 나서야
비로소 이 질문을 가슴에 품는다.
삶에 풍파가 없고 모든 일이 잔잔한 바다를 항해하듯 순조롭다면,
우리는 결코 존재의 이유를 묻지 않는다.

- 알프레드 아들러, 《가족이란 무엇인가》

· · ·

사람들이 쉽게 대답을 하지 못한다고 해서 가치 없는 질문이 아니다. 오히려 이 질문을 함으로써 삶의 의미를 찾게 되고 삶이 깊어진다. 삶의 의미는 고난과 시련을 겪으면서 갖게 된다.

# 두려움을 아는 자의 진정한 용기

정직한 마음을 지닌 이들은

거친 바다 위에서도 저돌적인 만용을 부리지 않는다.

일등항해사 스타벅은 이렇게 단언했다.

"고래를 두려워하지 않는 자는

내 보트에 절대로 태우지 않겠다."

이 말에는 깊은 통찰이 담겨 있다.

진정으로 믿을 수 있는 용기란,

그 위험의 크기를 정당하게 평가하고 마주하는 데서

나오기 때문이다.

두려움을 모르는 자는 때로

겁쟁이보다 훨씬 위험한 동료라는 뜻이기도 하다.

**- 허먼 멜빌, 《모비딕》**

· · ·

스타벅에게 용기란 실제로 꼭 필요한 경우에 언제든지 쓸 수 있도록 늘 가까이 하는 것이지만 어리석게 낭비하면 안 되는 덕목이었다. 용기는 칼집 속의 칼처럼 늘 가지고 있지만 함부로 빼서는 안 된다.

# 빛과 그림자가 만들어낸 세상

빛과 그림자는 모두 하나의 거대한 창조다.

명암의 대비가 없다면 사진이라는 예술이 불가능하듯,

삶의 선과 악 또한 우주적인 필연 속에 번갈아 나타날 뿐이다.

만일 이 지상에 기쁨만이 영원히 이어진다면,

인간이 어찌 그 너머의 진리를 갈구하겠는가.

고통이 없다면 인간은 자신이 영원한 본향을

떠나왔다는 사실조차 잊어버리고 말 것이다.

그러므로 고통은 잠든 기억을 일깨우는 날카로운 바늘이며,

우리를 지혜의 길로 이끄는 유일한 탈출구다.

- 파라마한사 요가난다, 인도 영적 스승, 《영혼의 자서전》

. . .

이 세상은 선과 악, 기쁨과 슬픔이라는 정반대의 것들이 교차하며 존재한다. 이들은 결코 하나만으로는 존재할 수 없다. 세상에 선과 기쁨만 가득하다면 인간은 결코 행복할 수 없다. 서로 상반되는 것들이 교차하며 존재하는 것이 세상의 이치다.

# 모든 길은 하나의 바다로 흐른다

제자가 스승의 박식함에 경탄하며 물었다.
"스승님께서는 그 방대한 지식을
어떻게 모두 얻으셨습니까?"
라마크리슈나는 미소 지으며 답했다.
"나는 책장이 아닌 사람들의 삶 속에서 배웠다네.
학자들의 지식을 정성껏 엮어 화환을 만들고,
그것을 신성한 어머니 앞에 제물로 바쳤을 뿐이지.
나는 힌두교와 이슬람교, 기독교를 비롯한
수많은 종파의 길을 직접 걸어보았네.
그 험난하고도 고유한 길들을 끝까지 따라가 본 뒤에야
나는 알게 되었지. 비록 길은 제각기 다를지라도,
우리 모두는 결국 같은 신, 하나의 근원을 향해
걷고 있다는 사실을 말일세."

**- 로맹 롤랑, 《라마크리슈나》**

· · ·

모든 강은 바다로 흐르듯이 세상에는 많은 종교가 있지만 각기 다른 이름으로
하나의 신을 부르는 것이다. '내 종교만 옳다'는 독선에서 벗어나면 비로소 보일
것이다.

# 증오와 사랑은 같은 뿌리에서 나온 것

증오와 사랑이 근본적으로 같은 뿌리를 지녔는지는
실로 깊이 탐구해 볼 만한 주제다.
누군가를 뜨겁게 사랑하거나 격렬히 증오하기 위해서는,
역설적이게도 상대에 대한 깊은 이해와
밀도 높은 친밀감이 전제되어야 하기 때문이다.
사랑하는 이가 사라질 때만큼이나,
평생을 저주하던 원수가 사라질 때도
우리는 형용할 수 없는 공허와 쓸쓸함을 느낀다.
철학적 시선으로 보면 두 감정은 본질적으로 같다.
다만 하나는 천상의 눈부신 광채 속에서
다른 하나는 지옥의 기괴한 불빛 속에서
볼 수 있다는 차이가 있을 뿐이다.

\- 너새니얼 호손, 《주홍글씨》

• • •

'사랑'의 반대는 '증오'가 아니다. '무관심'이다. 증오와 사랑이 사실은 한 뿌리에서 나온 두 개의 가지이자 동전의 양면이다. 두 감정 모두 에너지의 본질은 같으나 그 진동수와 방향이 다를 뿐이다. 어릴 적 많이 본 무술영화에서 주인공이 무술을 수련한 뒤 아버지의 원수를 갚고 나서 허탈해하는 모습이 이제 이해된다.

# 한 행의 시를 위해 일생을 바치다

젊은 날의 시는 진정한 시가 되기 어렵다.
시란 모름지기 일생을 바쳐 기다리고,
긴 세월의 깊이와 향기를 모아 늙음에 이르러서야
비로소 단 열 줄의 진실을 써 내려갈 수 있는 것이다.
사람들은 흔히 시를 감정이라 믿지만,
감정은 누구에게나 허락된 찰나의 불꽃일 뿐이다.
참된 시는 감정이 아니라 경험이다.
수많은 도시를 떠돌고, 낯선 이들의 눈동자를 마주하며,
갖가지 사물의 숨결을 느껴본 자만이
한 행의 문장을 겨우 쥐어짤 수 있다.
동물의 마음과 새의 날갯짓,
새벽녘 꽃잎이 벌어지는 지극히 작은 떨림까지도
당신의 핏속에 녹아들어야 한다.

- 라이너 마리아 릴케, 《말테의 수기》

· · ·

경험은 단순한 사건의 축적이 아니다. 사건이 내면화되는 과정을 거쳐야 진정한 경험이 된다. 그런 내면화된 경험들이 내 안에서 단어가 되어 솟아오를 때 비로소 진정한 시 한 줄이 나의 입술을 빌려 태어난다.

# 실패조차 온전히 나의 몫

나는 이제 나 자신에게 고백해야만 한다.

나를 파멸시킨 것은 그 누구도 아닌

바로 나 자신이었다고.

크든 작든 인간은 오직 자신의 손에 의해서만

진정으로 파멸할 수 있는 법이다.

나는 기꺼이 이 사실을 말할 준비가 되어 있으며,

설령 세상이 동의하지 않을지라도

이 진실을 붙들기 위해 노력하고 있다.

이 무자비한 고발을 나는 어떠한 연민도 없이

오직 나 자신을 향해 제기한다.

세상이 내게 한 짓도 끔찍했지만,

내가 내 자신에게 한 짓은 훨씬 더 끔찍했다.

- 오스카 와일드, 《심연으로부터》

· · ·

우리는 타인이 상처를 주었다고 생각하지만 사실은 나 자신이 받아들인 것이다. 타인이 주는 고통은 일시적일 수 있지만, 스스로 만든 고통은 피할 수가 없다. 삶의 책임을 자신에게 돌리는 순간 어깨는 무거워지지만 삶은 가벼워진다.

# 반복되는 삶의 굴레를 끊어내려면

오직 자기희생과 끝없는 추구를 통해서만
가닿을 수 있는 '진정한 앎'의 경지가 있다.
자신과 삶에 대한 이 지독한 깨달음이 없다면,
당신은 시간을 되돌려 처음으로 돌아간다 해도
똑같은 삶을 권태롭게 반복하게 될 뿐이다.
인생에 더 큰 진실이 숨어 있음을 눈치채고도
그 길을 걷지 않는 자는,
스스로 삶을 혁명할 단 한 번의 기회를
영영 잃어버리게 된다.

- 페테르 우스펜스키, 《이반 오소킨의 인생여행》

· · ·

지금의 기억을 모두 가지고 인생을 다시 산다면 지금보다 더 잘 살 수 있을까?
아니다. 삶을 바꾸려면 진정한 앎을 알아야 하고, 진정한 앎을 알기 위해서는
반드시 배워야 한다. 또 배움을 얻으려면 자기희생을 거쳐야 하고, 자기희생이
없이는 그 무엇도 얻을 수 없다. 사람들의 삶이 바뀌지 않는 이유는 여기에 있다.

# 일관성이라는 감옥에서 탈출하라

위대한 영혼은 과거의 자신과 똑같아야 한다는

강박에 휘둘리지 않는다.

그것은 마치 벽에 비친 자신의 그림자가

비뚤어질까 노심초사하는 것과 다를 바 없다.

그대가 현재 진실이라 믿는 것을

확고한 언어로 선포하라.

비록 그것이 어제 내뱉은 모든 말과

정면으로 충돌할지라도,

내일은 내일의 진실을 다시 당당하게 말하라.

사람들에게 오해받는 것이 그리 대수인가?

피타고라스와 소크라테스, 예수와 갈릴레이를 보라.

순수하고 현명한 정신은 모두 오해받았다.

진정으로 위대한 것은 언제나 오해받는 법이다.

- 랄프 왈도 에머슨, 《자연》

• • •

에머슨의 철학에서 가장 파격적인 사상이다. 하이데거는 "언어는 존재의 집이다"라고 했다. 존재가 커지면 언어가 바뀌는 것은 자연스럽다. 어제의 말에 묶여 오늘의 생각을 당당하게 말할 수 없다면 영혼이 과거에 갇혀 있는 것이다.

# 유혹을 이기는 길은 유혹에 굴복하는 것

힘들여 억압하는 모든 충동은 사라지지 않고
정신 속에서 알을 품어 우리를 서서히 독살시키고 있어.
육체는 단 한 번 죄를 짓는 것으로 그 죄를 청산하지.
행동이 정화의 양식이기 때문이야.
그런 행동 뒤 남는 것이라곤
쾌락에 대한 기억이나 사치스러운 회한뿐.
유혹을 없애는 유일한 방법은 오직 그 유혹에 굴복하는 거야.
유혹에 저항하려 들수록 자네의 영혼은
스스로 금지한 것들에 대한 갈망으로 병들어갈 거야.

- 오스카 와일드, 《도리언 그레이의 초상》

· · ·

욕망은 의도적으로 막을 수 없다. 강압적으로 막으면 막을수록 더 강하게 올라온다. '백곰현상(White Bear Effect)'이라는 것이 있다. "흰곰을 생각하지 마라"라고 할수록 흰곰이 더 자주 떠오른다. 유혹이나 분노는 억지로 눌러 극복할 수 없다. 오히려 가만 놔두면 흙탕물이 가라앉듯이 저절로 가라앉는다. 처음에는 커 보이던 것이 시간과 함께 사그라질 것이다.

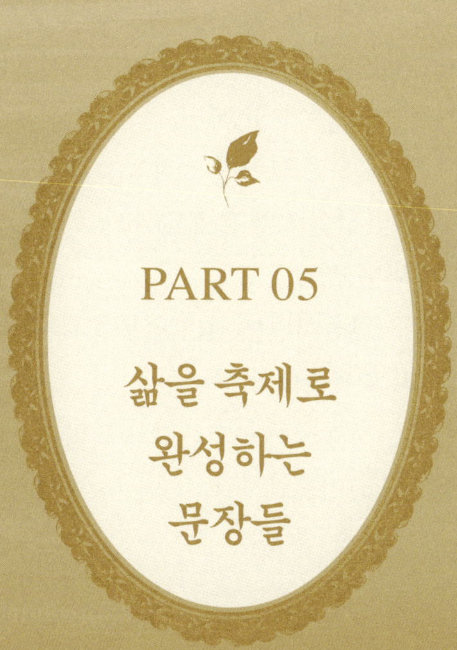


PART 05

삶을 축제로
완성하는
문장들

# 달이 별을 낳았을지도 몰라

뗏목 위에서의 삶은 참으로 근사했습니다.

사방이 온통 별로 반짝이는 하늘을 보며,

벌렁 드러누운 우리는 토론을 벌이곤 했지요.

'누가 별을 만들었을까, 저절로 생긴 것일까?'

짐은 누군가의 솜씨라 했고,

나는 저토록 많은 별을 만들려면 시간이 너무 오래 걸릴 테니

저절로 생겨난 것이라 믿었습니다.

그러자 짐은 달이 별을 낳았을지도 모른다고 말하더군요.

그 말은 꽤 그럴듯하게 신비로워서

나는 굳이 반대하지 않았습니다.

- 마크 트웨인, 《허클베리 핀의 모험》

· · ·

인간이 우주의 신비를 결코 알 수 없지만 우주의 압도적인 크기와 신비 앞에 서면 인간은 한없이 작아지는 동시에 역설적으로 가장 커다란 존재가 되기도 한다. 결코 그 신비를 알 수 없다는 '한계'가 있기에, 오히려 '지금 이 순간' 살아있음의 소중함을 깨닫게 된다.

# 타인의 죽음을 대하는 인간의 위선

지인의 부고가 전해졌을 때,
사람들의 머릿속을 채운 것은 슬픔이 아니었다.
그들은 직장 내 인사이동과 자신에게 돌아올 이익을
계산하기 바빴으며, 무엇보다 자신이 아니라
그가 죽었다는 사실에 야비한 안도감을 느꼈다.
'어쩌겠어, 그가 죽은 걸. 하지만 나는 아직 살아 있잖아.'
이것이 이반 일리치의 친구들이 느낀 가장 솔직한 감정이었다.
나아가 그들은 이제 조문이라는 따분한 의무를 다해야 하고,
유가족에게 가식적인 위로를 건네야 한다는 사실에
떨떠름한 불쾌감을 느낄 뿐이었다.

– 톨스토이, 《이반 일리치의 죽음》

• • •

우리는 타인의 죽음은 자연의 섭리라 생각하며 당연한 사실로 받아들인다. 그
러나 자신의 죽음은 자연의 부당한 폭력이라 생각한다. 또한 타인의 죽음 앞에서
눈물을 흘리는 것은 자신의 피할 수 없는 죽음을 더 슬퍼하는 것인지도 모른다.

# 죽음이 있기에 우리는 창조한다

모든 예술과 사유의 뿌리에는

죽음에 대한 원초적 공포가 서려 있는지도 모른다.

우리는 생명의 덧없음을 안타까워하고,

시든 꽃잎 속에서 마침내 스러질

우리 자신의 운명을 미리 본다.

우리가 예술가로서 어떤 형상을 빚어내고,

사상가로서 어떤 진리를 탐구하는 것은

결국 이 거대한 죽음의 그늘로부터

우리 존재를 구해내기 위함이 아닐까.

육신은 한 줌 흙으로 돌아가겠지만,

우리보다 더 오래 숨 쉴 무언가를 창조함으로써

우리는 영원을 꿈꾼다.

- 헤르만 헤세, 《지와 사랑》

• • •

진리를 탐구하고 예술작품을 창조하는 것은 단순한 지적 유희가 아니다. 그것은 자신의 존재보다 더 오래 살아남아 다른 사람들의 삶 속에 살아갈 수 있을지 모르는 자신의 '분신'을 만드는 작업이다. 어쩌면 '시간'이라는 한계를 극복하지 못하는 삶의 공포로부터 벗어나려는 필사적인 몸부림이 아닐까.

# 인간은 생각하는 갈대다

인간은 자연에서 가장 연약한 한 줄기 갈대에 불과하다.

그러나 그는 '생각하는 갈대'다.

그를 무너뜨리기 위해 온 우주가 힘을 합칠 필요는 없다.

한 모금의 증기, 한 방울의 물만으로도

인간을 잠재우기엔 충분하다.

하지만 설령 우주가 인간을 박살 낸다 해도,

인간은 자신을 죽이는 우주보다 훨씬 더 고귀하다.

인간은 자기가 죽는다는 것을,

우주가 자기보다 우월하다는 것을 알기 때문이다.

우주는 아무 것도 모른다.

- 파스칼, 《팡세》

· · ·

인간은 만물의 영장이면서 찰나를 살다 가는 보잘것없는 존재라는 것을 안다.
인간은 우주는 영원하지만 자신은 유한하다는 것을 안다. 인간은 보잘것없지
만 그것을 아는 인간은 위대하다. 인간을 위대한 존재로 만드는 것은 생각이다.

# 껍데기를 걷어내면 비로소 보이는 것들

"수보리야, 육신으로써 여래를 볼 수 있겠는가?"
"아닙니다, 세존이시여. 형체뿐인 육신으로는
결코 진정한 여래를 뵐 수 없습니다.
여래께서 말씀하시는 육신이란
고정된 실체가 아니라, 인연에 따라 잠시 머무는
그림자일 뿐이기 때문입니다."
이에 부처님께서 수보리에게 말씀하셨다.
"무릇 형상이 있는 모든 것은 허망하고 덧없다.
눈앞의 형상을 형상이라는 집착 없이 바라볼 때,
그 모든 가짜를 걷어낸 자리에 비로소
진실한 여래의 모습이 드러나느리라."
-《금강경》

• • •

'범소유상 개시허망 약견제상비상 즉견여래(凡所有相 皆是虛妄 若見諸相非相 卽見如來)'는 금강경의 사구게(四句偈) 중에 첫째로 삼는 구절이다. 생로병사는 너무 당연하고 누구나 거쳐야 할 과정인데 이를 슬퍼하고 괴로워하는 것은 상(相)에 속고 있기 때문이다. 모든 상(相)이 허망하고 실체가 아니라는 것을 안다면 도를 안다는 말이다.

# 나 있는 곳에 죽음은 없다

죽음은 우리와 아무런 상관도 없다는
생각에 익숙해지도록 하여라.
선과 악을 구분하는 그 모든 기준은 결국
어디까지나 인식의 문제가 아니더냐!
우리가 이곳에 살아 숨 쉬는 한,
죽음은 아직 도달하지 않았다.
그리고 마침내 죽음이 이 자리를 차지하게 될 때면,
정작 우리는 존재하지 않는다.

- 에피쿠로스, 《메노이케우스에게 보내는 편지》

· · ·

누구도 경험할 수 없는 것이 죽음이다. 죽기 전에는 결코 죽지 않는다. 죽은 뒤
에는 죽음을 의식하지 못하기 때문이다. 죽음을 경험한 자는 말이 없다. 경험하
지 못한 자는 말 할 수 없다. 우리가 모르는 죽음보다 알 수 있는 삶에 집중하는
것이 필연적인 죽음을 대하는 길이 아닐까.

# 변화는 자연의 순환이다

우리는 변화를 두려워한다.

그러나 변화 없이 존재할 수 있는 것이 있을까?

자연이 변화보다 더 소중히 여기고

더 적절히 생각하는 것이 또 있겠는가.

장작이 자신을 태워 연료로 변하지 않는다면

우리가 어찌 따뜻한 물로 몸을 씻겠으며,

음식물이 소화되는 변화를 거부한다면

우리의 생명이 어찌 유지되겠는가.

지금 당신에게 일어나는 시련과 변화 역시 마찬가지다.

당신이 더 나은 존재로 빚어지기 위해 필요한

자연의 필연적인 안배가 아니겠는가.

- 마르쿠스 아우렐리우스 《명상록》

• • •

변화는 우주의 질서이며 본질이다. 계절이 바뀌며 꽃이 피고 지는 것도 변화이며, 사랑하고 이별하고, 나고 죽는 것도 다 변화의 과정이다. 자연은 준 것을 반드시 거두어간다. 이것이 우주의 변화와 순환의 법칙이다. 자연이 우리에게 삶을 주었다면 죽음은 원래대로 거두어들이는 것이다.

# 치국의 뿌리는 백성의 평온함에 있다

정치의 근본은 백성의 삶을 평온하게 하는 것이요,
그 평온함은 일상의 궁핍을 채워주는 데서 시작된다.
그러려면 농번기에 백성을 동원하지 말아야 하고,
무리한 일을 줄여야 하며, 씀씀이를 아껴야 한다.
그 근본은 본성을 돌이키는 것이다.
근본을 흔들어 놓고 말단을 고요하게 하거나,
근원을 흐려놓고 지류를 맑게 할 수는 없다.

- 유안, 《회남자》

· · ·

유한한 삶을 살아가는 우리는 많은 것을 다 할 수가 없으니 근본적인 것, 즉 소
중한 것부터 먼저 하는 것이 중요하다. 자신이 소중하게 생각하는 것을 먼저 하
고, 상대가 소중하게 생각하는 것을 존중하라. 진정한 배려는 상대방의 시간과
생업을 존중하는 데서 나온다.

# 우리는 무엇을, 왜 믿는가

우리는 지금 믿음이 희미해진 시대를 지나고 있다.
종교의 유용성을 두고 찬반이 엇갈리는 가운데,
사람들이 간직한 믿음조차 객관적 확신보다는
'믿고 싶은 소망'에 더 깊이 의지하고 있다.
그러나 이 소망은 단순한 이기심이 아니다.
때로는 지극히 숭고하고 사심 없는 감정이다.
비록 종교가 예전처럼 흔들림 없는 안식처가
되어주지는 못할지라도, 우리 내면에는 여전히
초기 교육이 남긴 잔상과 그 영향력이 흐르고 있다.
때로는 그 가치를 붙들지 않으면
영영 사라질지도 모른다는 근원적인 불안이
우리를 흔들기도 한다.

- 존 스튜어트 밀, 《종교에 대하여》

• • •

최근 '종교적이지는 않지만 영적인 사람(SBNR: Spiritual But Not Religious)'이
전세계적으로 급증하고 있다. 이런 사람은 우주를 창조한 절대자(신)의 존재는
확실히 믿지만 성경이나 교리를 문자 그대로 믿지 않고 비판적으로 수용한다.

# 인생은 고통과 권태 사이를 오가는 시계추

인간의 행복을 가로막는 두 적수는 고통과 권태이며,

우리의 인생은 이 사이를 쉼 없이 오가는 시계추와 같다.

궁핍은 육체적 고통을 낳고,

안전과 과잉은 영혼의 무료함을 낳는다.

하층 계급이 생존을 위한 투쟁에 몰두할 때,

부유한 이들은 견딜 수 없는 허무와 싸워야만 한다.

이 비극적인 왕복 운동을 멈추게 하는 유일한 힘은

바로 내면의 풍요, 즉 정신의 풍요다.

지혜와 사유로 영혼을 가득 채울수록,

권태가 파고들 내면의 공허는 자취를 감춘다.

- 쇼펜하우어, 《쇼펜하우어의 행복론과 인생론》

•  •  •

우리는 고통으로부터 도망치기 위해 욕망하고, 그 욕망을 채운 대가로 권태와 마주한다. 행복이란 고통과 권태 사이의 아주 짧은 순간의 신기루 같은 것일지도 모른다.

# 철학의 시작, 당신은 왜 살기로 했는가

인간에게 진정으로 중대한 철학적 문제는
단 하나, 바로 자살뿐이다.
삶이 계속할 가치가 있는지를 판단하는 것,
그것이 철학의 전부다.
세상이 몇 차원의 우주인지,
인간의 정신이 어떤 범주로 나뉘는지 하는
나머지 문제는 그 다음에 따라오는 일이다.
다른 문제는 장난에 불과하다.
하지만 삶의 가치에 대해서는
누구나 답을 찾아야 한다.

- 알베르 카뮈, 《시지프 신화》

· · ·

"이 삶은 살 가치가 있는가?"에 대한 대답은 쉽게 찾을 수 있는 것이 아니다. 삶의 의미를 찾을 수 없다는 생각이 한 사람을 죽음에 이르게 할 수도, 역설적으로 가장 치열하게 살게 할 수도 있다.

# 나만의 방식대로 살아가는 것

모든 인간의 삶이 누군가의 설계도에 맞춰
정형화되어야 할 이유는 없다.
상식과 경험을 갖춘 존재라면,
자기 방식대로 삶을 살아가는 것이 가장 바람직하다.
그 방식 자체가 최선이기 때문이 아니라
오직 '자기 방식(his own mode)'으로 걷는 길이라는
그 사실 하나만으로도
그 삶은 충분히 가치 있고 아름답다.

- 존 스튜어트 밀, 《자유론》

. . .

문명의 발전은 개인의 자유와 개성이 확대되는 것을 의미한다. 획일화는 산업 시대의 유물이자 영혼의 박제다. 인간은 서로 다른 색깔로 존재할 때 비로소 고유한 생명력을 가진다.

# 흐르는 강물처럼 매 순간 태어나다

노년이 오면 꽃다운 시절은 저물고,

장년은 청춘을 갈무리하며,

소년은 유년의 허물을 벗는다.

어제는 오늘 속에 녹아 사라지고,

오늘은 다시 내일의 파도에 밀려갈 것이다.

이 세상에 그대로 머무는 것은 아무것도 없으며,

영원히 하나로 고정된 존재란 존재하지 않는다.

생각해보라.

만약 우리가 늘 똑같은 모습으로 고여 있다면,

어떻게 매번 새로운 일을 즐기고

다른 꿈을 꿀 수 있겠는가?

- 미셸 드 몽테뉴, 《몽테뉴 수상록》

· · ·

제행무상(諸行無常), 이것만 알아도 삶의 고통의 절반은 줄어들 것이다. 인간은 똑같은 하나로 머무르지 않는다. 인간은 고정된 실체가 아니라 끊임없이 흐르고 변하는 강물과 같다. 우리의 몸도 마음도 시간이 지나면 변한다. 이것이 삶의 본질이다.

# 사느냐 죽느냐, 그것이 문제로다

사느냐 죽느냐, 그것이 문제로다.

가혹한 운명이 던지는 화살을

죽은 듯 참아내는 것이 고귀한 일인가,

아니면 성난 파도처럼 밀려오는 재앙에 맞서

싸워 물리치는 것이 옳은 일인가.

죽는 건 그저 잠 자는 것일 뿐,

잠들면 육신을 갉아먹는 무수한 고통도 비로소 멎으리라.

죽음이야말로 우리가 간절히 바라는 결말 아니던가.

그러면 또 꿈도 꾸겠지.

아, 그게 문제로다.

이 지긋지긋한 생의 소란을 뒤로하고 영면에 들었을 때,

어떤 악몽이 기다릴지를 생각하면 망설일 수밖에.

- 셰익스피어, 《햄릿》

· · ·

삶은 문제와 고통의 연속이다. 죽은 후의 고통은 인식할 수 없고, 죽을 때의 고통은 잠시뿐이지만 삶의 고통은 살아있는 한 계속된다. 이것을 알면서도 사람들은 살아간다. 이것이 삶의 모순이다. 어쩌면 긴 고통 속에서 잠깐 오는 기쁨 때문에 살아가고 있는지도 모른다.

# 누구를 위하여 종은 울리나

누구도 그 자체로 온전한 섬이 아니다.

모든 인간은 거대한 대륙의 한 조각이며,

인류라는 전체의 소중한 일부다.

한 덩이 흙이 바닷물에 씻겨 내려가면

유럽 땅이 그만큼 작아지듯,

그대의 친구나 그대 자신의 터전이 사라지는 것 또한

온 세상의 손실이다.

어느 누구의 죽음이라도 나를 깎아내고 감소시킨다.

내가 인류라는 거대한 생명의 그물에 얽혀 있기 때문이다.

그러니 종이 누구를 위하여 울리는지 알고자

사람을 보내지 말라.

그것은 그대를 위해 울리는 것이다.

- 존 던, 영국 신부, 시인, 《명상》

. . .

이 글은 헤밍웨이의 《누구를 위하여 종은 울리나》의 서시로 알려져 있다. 우리 의 정체성은 고정된 것이 아니다. 타인과의 관계 속에서 끊임없이 변한다. 나무 가 숲을 이루듯이, 개인은 홀로 존재하는 것이 아니다. 다른 사람들과의 관계 속에서 자아를 형성한다.

# 눈물과 미소를 품은 아름다운 항해

구름은 언덕과 계곡을 정처 없이 헤매다
부드러운 바람을 만나면 기어이 눈물을 쏟아낸다.
그 눈물은 들판을 적시고 시냇물이 되어,
마침내 고향인 바다로 흘러든다.
구름의 생애란 결국 작별과 만남,
그리고 눈물과 미소의 반복일 뿐이다.
우리 영혼의 여정 또한 이와 같다.
위대한 근원으로부터 분리되어 물질 세계로 내려온 우리는
슬픔의 산과 기쁨의 평원을 구름처럼 떠돈다.
그러다 죽음이라는 바람을 마주하는 순간,
비로소 우리가 태어난 곳으로 되돌아간다.
그곳은 사랑과 아름다움이 끝없이 출렁이는
거대한 대양으로 – 신의 품으로.

- 칼릴 지브란, 《눈물과 미소》

. . .

꽃과 구름이 자신의 모습을 바꾸며 순환하지만 자신의 본성은 그대로다. 꽃이 떨어져야 열매를 맺을 수 있고 구름이 하늘과 작별해야 바다와 만날 수 있듯이 우리의 삶도 태어나서 결국 죽음을 통해 본래 있던 곳으로 돌아가 하나의 순환을 마친다.

# 아직 때가 오지 않았을 뿐

불러야 할 노래를 가슴에 품은 채,

나는 오늘도 그 노래를 시작하지 못했습니다.

악기의 줄을 조였다 풀었다 하며

그저 준비하는 일에만 수많은 나날을 흘려보냈습니다.

아직 때가 이르지 않은 것 같아,

노랫말이 충분히 다듬어지지 않은 것 같아 망설이는 사이

마음속에는 고통스러운 갈망만이 고였습니다.

꽃은 아직 피어날 기색이 없고,

오직 바람만이 내 곁에서 한숨을 내쉽니다.

나는 아직 그의 얼굴을 보지도, 목소리를 듣지도 못했습니다.

다만 내 집 앞으로 걸어오는 그의 부드러운 발소리를 들었을 뿐.

- 타고르, 《기탄잘리》

· · ·

우리는 바라는 지점에 도달해야 성공, 행복이라고 생각하지만, 시인은 완벽한 결과보다 그것을 위해 준비하고 걸어가는 과정이 아름답다고 말한다. 내 꽃이 아직 피지 않은 것은 때가 되지 않았을 뿐, 내 꿈이 아직 이루어지지 않은 것은 내 꿈이 너무 크기 때문일지도 모른다.

# 생각이라는 손님을 맞이하는 자세

우리에게 찾아오는 생각은 불쑥 방문하는 손님과 같다.

좋은 손님이든 불청객이든,

찾아온 그 자체를 비난할 수는 없다.

하지만 그들을 거실에 앉힐지,

아니면 문밖으로 돌려보낼지를 결정하는 힘은

오직 우리에게 있다.

우리의 진정한 힘은 '생각의 선택'에 있다.

이 사실을 잊지 않는다면

무수한 마음의 고통은 사라질 것이다.

기억하라, 당신의 마음이라는 집에서

누구를 머물게 할지 결정하는 유일한 주인은

바로 당신의 생각이다.

— 톨스토이, 《살아갈 날들을 위한 공부》

· · ·

감정은 우리가 통제할 수 없는 자연 현상과 같다. 내 안에서 어떤 감정이 일어나더라도 그것은 내 책임이 아니다. 하지만 그 감정을 행동으로 옮기는 것에 대한 책임은 나에게 있다. 감정은 내 생각과 관계없이 일어나는 것이지만, 행동은 내 생각의 결과이기 때문이다.

# 대답이 아닌 질문 속에서 살아가기

당신의 마음 깊은 곳, 아직 풀리지 않은 채
남겨진 문제들을 마치 걸쇠가 걸린 방이나
낯선 언어로 쓰인 책처럼 인내심을 갖고 사랑하십시오.
지금 당장 대답을 얻으려 서두르지 마십시오.
당신은 아직 그 대답을 품고 살아낼 준비가 되지 않았기에,
아무리 갈구해도 대답은 쉽사리 찾아오지 않을 것입니다.
삶의 모든 것은 지식이 아니라 경험으로 완성됩니다.
그러니 지금은 그저 그 막막한 질문들 속에서 살아보십시오.
당신은 머지않아 그 대답 속에서 살게 될 것입니다.

- 라이너 마리아 릴케, 《젊은 시인에게 보내는 편지》

· · ·

우리가 삶의 근본적인 문제에 대한 답을 찾을 수 없는 것은 답이 없기 때문이
아니라 답을 찾을 수 있을 만큼의 정신적 성숙이 되지 않았기 때문이다. 삶이
던지는 문제에 대한 대답은 삶의 경험이 쌓여 내면의 성숙도가 임계점에 도달
했을 때 자연스럽게 온다.

# 내리막길에서 마주하는 정직한 생의 얼굴

"선생님, 오늘따라 기분이 몹시 가라앉아 보이는군요."
노시인은 씁쓸한 미소를 지으며 답했다.
"아니, 난 늘 이렇다네. 자네도 몇 해 더 지나면 알게 될 걸세.
인생이란 산길과 같아서, 올라가는 동안은 정상이 보이니
행복하다 믿지. 하지만 정상에 서는 순간,
눈앞엔 오직 가파른 내리막길이 보이고,
더욱이 그 끝은 죽음뿐이라네.
올라갈 때는 더디지만, 내려가는 길은 눈 깜짝할 새지.
자네 나이에는 실현치 못할 희망마저
가슴에 품고 즐거워하겠지만,
내 나이가 되면 이제 기대할 것이라곤 오직 단 하나,
죽음뿐이라네."

- 모파상, 《벨 아미》

• • •

삶은 다 때가 있다. 만날 때가 있으면 헤어질 때가 있고, 올라갈 때가 있으면 내려올 때가 있으며, 펼칠 때가 있으면 거둘 때가 있다. 피는 꽃을 시기하지 않고, 지는 잎을 슬퍼하지 않듯 삶은 그저 제때를 살아낼 뿐이다. 잘 산다는 것은 그때를 알고, 그 때에 맞게 사는 것이다.

# 고전에서 답을 찾는
# 소중한 시간

물질은 풍족해졌지만 마음은 공허하고, 수명은 길어졌지만 어떻게 살아야 할지 모를 때가 많습니다. 정보가 넘쳐나는 세상 속에서 어느 것이 참인지, 나에게 필요한 것이 무엇인지 선택이 어려울 때가 있습니다. 고전에서 답을 찾을 수 있다고 생각합니다. 고전은 읽으면 좋은 줄 알지만 너무 방대하고, 때론 지루하기까지 하여 쉽게 접근하기 힘든 게 사실입니다. 바쁜 일상에서 완독은 어렵지만 핵심적인 내용만이라도 알 수 있다면 삶의 지혜를 얻을 수 있을 것입니다.

남편이 몇 달 동안 서재에서 몰입하여 작업하는 것을 보았습니다. 그는 고전의 숲에서 산삼을 캐듯이 심혈을 기울였습니다. 책을 읽으며 한 번 보고 그냥 지나치기 아까운 글을 만날 때면 밑줄을 치고, 옮겨 적어 되새기고 싶은 마음이 생깁니다. 이 책에는 그런 글이 100꼭지가 있습니다. 각 꼭지마다 고전의 이해를 돕기 위해 남편의 생각을 간단하게 적어놓았습니다. 간혹 그의 주석이 더 빛날 때도 있습니다.

요즘 저는 성경을 필사하고 있습니다. 시간도 많이 걸리고 힘들지만 읽기만 할 때와는 달리 몸속으로 의미가 흘러들어오는 느낌이 듭니다. 달릴 때는 보지 못한 것을 걸을 때 볼 수 있는 것과 같았습니다.

고전 필사는 단순히 옮겨 적는 것만이 아닙니다. 인간이 수천 년 동안 축적해온 지혜를 내 손끝으로 불러오는 소중한 초대입니다. 한 글자씩 힘주어 손맛을 느끼면서 써보세요. 디지털 스크린을 터치할 때와 다른 맛을 느낄 수 있을 것입니다. 필사 후 당신의 생각을 한두 줄 적다 보면, 쌓여서 내면의 힘이 되지 않을까 싶습니다.

현인들의 지혜가 담긴 문장을 쓰는 것은 거인의 어깨에 올라타서 세상을 보는 것입니다. 하루에 한 꼭지씩 써도 좋고 더 많이 써도 좋습니다. 필사가 끝날 때쯤, 생각의 틀이 더 넓고 깊어져 있을 것입니다. 당신의 100일간의 여정을 응원하고, 더 깊어진 삶을 기원합니다. 감사합니다.

《맹그로브 숲을, 읽다》 저자, 수필가,<br>
평생의 도반 서정애

삶을 바꾸는 것은 하나의 큰 사건이 아니라

매일 반복되는 일상을 바꾸는 것에서 시작합니다.

여러분은 100권의 고전이 있는 큰 숲을 무사히 지나왔습니다.

처음 하얗던 여백이 여러분의 필체로 채워지는 동안

내면에도 분명 작지만 단단한 변화가 일어났을 거라 확신합니다.

이제 여러분은 세상을 이전과는 다른 눈으로 바라보게 될 것입니다.

그것이 바로 삶을 바꾸는 고전의 힘입니다.


필사는 타인의 생각이라는 바다에 나의 닻을 내리는 과정입니다.

지난 100일간 여러분은 거장들의 지혜를 빌려 썼지만,

그 밑에 적은 자신의 성찰은 세상에 단 하나뿐인 지혜가 되었습니다.

이제 이 책에 적힌 문장들은 더 이상 누군가의 유산이 아니라,

여러분의 일상을 지탱해 줄 마음의 근육과 나침반이 될 것입니다.